我是寨子里长大的女孩

扎十一惹 著

上海译文出版社

目 录

代　序　内心的房间　001

第一章　寨子里的童年　011

　　童年的村子　013
　　贝玛　017
　　野猪　019
　　打家具　023
　　蚂蚁唱戏　029
　　许多种天气　033
　　夜雨突袭　037
　　谢谢稻田　042
　　小时候的冬天　048
　　阿妈的"不要紧"厨房　053

宝塔糖、桉树汤和毒翻全家的马屁泡　057

"良医"　062

第二章　从村寨到城市　067

红果园和松子园　069

童年的死亡　076

奇怪的同桌　083

干不完的农活儿　088

去镇上读初中　098

小小少年初闯省城　106

在县城读高中　113

大专课堂上老师教我们洗澡　124

第三章　阿妈、姐姐和我　133

阿妈就要争口气　135

和阿妈的一次争吵　141

阿妈打工记　150

阿妈的渴望　159

姐姐不喜欢我　165

第四章　女性乡邻的故事　179

黑甘蔗　181
女人的歌　185
妹妹得了抑郁症　191
小姨的孩子　196
骑三轮摩托的女人　203
找不回来的生育证　208
"我又老、又丑、又笨地在活着"　211
三个桃子　216

第五章　我的解放日志　229

上班八年，决定"退休"　231
结婚那一天　244
我内心的另一个房间　248
我的解放日志　259

尾　声　回到寨子　277

代　序

内心的房间

许久以前，我和一位在北京高校任教的朋友聊天，他说："其实你这样的人才是真正的少数，而我这样的，是这个国家的大部分人，只是因为你身边我这样的样本太少，让你误以为自己才是大多数人中的一个。"

之所以会说起这个，一开始是因为讲到童年，我问他："你看过成百上千只豆娘聚在一起吗？"他说没有。我再问，问了许多，他都没有体会过。之后又讨论了一下"鸡娃"、螺丝钉、国家意志、社会规则之类的，也就是常见的那些内容，我们能说出的观点也是别人都讨论过的观点，乏善可陈也无需铺开讨论。但是在那一次的谈话里我突然意识到一件事情：我一直非常羡慕他这样的精英人群，也很好奇从小就很优秀的小孩人生体验到底是怎样的，但是我从来不知道也会有人在好奇着我这样野生放养的小孩的人生体验是怎样的。

与此同时我还得到一个信息：我的精神世界里有一部分内容，是我无法直接与他人分享、他人也没有途径走进来的。就是有那么一个地方，它有门，但推不开，别人进不去也看不到，只有我自己知道那个房间的存在，并一直在从中汲取能量。

我思考了很多天这个房间究竟是怎么建起来的，是什么构成了我内心最深处或许永远都无法与另一个人产生共情的部分。今天和阿爸聊天，聊着聊着我似乎找到了一点点根源：一是我的童年跟大自然和动物的充分接触；另一是我父亲天生的浪漫体质。

我是"动物的孩子"，这样讲一点儿夸张的成分都没有。我的成长环境里有各种各样的家养、野生动物，它们直接参与甚至干预了我的成长过程。

在进汉族学校读书以前的六七年里，我几乎二十四小时和动物们黏在一起。农村，尤其是一些少数民族地区的农村完全没有细菌和微生物的概念。如果我现在闭起眼睛，几乎不需要任何记忆和情绪的铺垫，我能非常直接、非常具体、非常真实地感受到我的狗狗，一只巨大的中华田园犬的触感和温度。每天午饭过后大人们出去做活儿，它会把我抱在它的胸前，我们就那样睡在家门口的青石板上，夏天的微风轻轻吹着我额前汗湿的头发，蝉鸣鸟叫，屋后的小渠有一丝丝微弱的流水声。差不多睡到两点苏醒，它会大力舔我的头发和脸上的汗水，我被它舔得发痒，哈哈大笑，然后我们就会一起疯跑着去玩别的东西，或者去地里帮大人做活儿。每当我累了想再度躺下，它的怀抱就会一直在那里等我。阿妈在家中生我的时候，它就蹲在旁边看着，看着我落地，看着我走路，从我是个婴儿一直带我带到它十三岁去世。

田埂上、山林里、阁楼上、青石板上，还有雨天的稻草垛，我们一起午睡过的地方太多了，这些堆积的触感深深地印在我的脑子里，以至于不需要有意去想，那种感觉就一直跟随着我的基因在长大。

那个时候我那个状态的小孩几乎没有规则可言。除了基本的价值观和道德概念，家长没有功夫也没有某种约定俗成的传统去规定小孩要做什么不要做什么。彝族学校的老师不是真正的全职老师，就是上午上一堂课、教汉话，下午大家一起干活儿。

进汉族学校以后，我才开始弄明白什么叫集体，什么是贫富差距，接触了很多概念，也学会去顺应规则，去隐藏一部分自己以换取更顺利的前进。

但是七年的野生生活是不可能在朝夕之间得到改变的，所以上学以后，我虽然身体愈发不好了，但是天性没有多大改变，因此经常犯错。

有一次，和同学打架了还是怎么的，大人讲了我两句，我心中憋闷得慌，去马房骑上马，一口气跑到了很远的山坡上。那是一个黄昏，我就伏在马背上，让马漫无目的地走。它走得很慢，我抱着它的脖子，轻轻摸它的鬃毛，和它倾诉我心中的委屈，我的眼泪就顺着它的毛滚下去。它的体温通过我瘦瘦小小的胸膛和肚皮传遍我的身体，温暖并且很踏实，有一种活体和活体有温度交换的信赖感。那天的景色很美，山脉绵延不绝，山坡上是各色的野花，草地里不时有蚂蚱跳起来，一片接一片的绿色在蓝天下微微摆动，没有任何声响，只有一点点树叶的沙沙声。我和马儿就这样走啊走，走啊走，走了好久。天快黑了才回家。

马儿真的是非常温柔的动物，它尤其对我十分温柔。更小一点儿我还没办法靠自己骑到马背上去的时候，它经常会玩一个无聊的游戏——那时我只比它膝盖高一点点，站在一起的时候，它会把嘴唇搁在我的头顶上，故意左右摩擦，我痒得哈哈大笑，它就会蹭蹭我的脸，乐此不疲。马儿的下巴和嘴唇是很软很软的，手感就像……乳房？我也讲不清楚。那种触感很奇妙，当时我也觉得很好玩，很喜欢它和我玩这个。

我现在三十多岁了，还是很喜欢摸起来温度和马儿接近的人类，喜欢被揉弄脑袋。这或许是马儿带给我的一部分触感记忆的选择。

我家有一只大公鸡，真的很大，我差不多两岁时蹲下来依旧没有它那么大。它对小孩也很友好，我经常直接上手抱着它的脖子,把头整个放在它背上,它都不跑的,就那样一直一直让我抱着,抱到我想撒手为止。它脖子延伸到背上的毛都好光滑,手感好极了。

有一个雷雨天我记得格外清楚,我一个人和牛儿一起在山野中间的坡地上。雨渐渐变大,我心疼牛儿,把蓑衣披在它的背上,钻进它肚子下面躲雨。它是一头母牛,很温柔,我一点儿也不担心它会踩到我,紧紧抱着它的前腿,抱着抱着就睡着了。它一动也没动过,醒来雨已经停了,太阳光重新洒在草地上,远处有一道彩虹,牛儿只是温柔地望着我,不吃草也不走动。

我有时候疯起来,会从牛背上,像滑滑梯一样滑到牛头,然后倒挂在牛脖子上,也不做什么,就是无聊地倒挂着看颠倒过来的世界。有时候会恶作剧捏它的下嘴唇,它也并不生气。挂到挂不住了,再双手抓住牛角跳下来。

至于这些和我阿爸有什么关系,那大概就是,每每我和动物之间的互动发生,他从来没有否定过。曾经有过一段时间他对我和姐姐的文化课学习很严厉,非常严厉,但是在疯玩这方面他从来没有反对过。

我有很大一部分关于自然的记忆里,美好的场景都有我阿爸的陪伴——无尽的星空和山川瀑布,肆放的酢浆草大地和狗狗坟前的白色月季，躺在小溪里看白云游走，从缓坡上抱着头尖叫着滚下去，追着一条蛇[1]跑让它远离公路，雪天的夜路刨出被雪压住的灰色小野兔，爬上一棵很高很大藤蔓缠绕的树悄悄看小鸟的孩子，挖一种藤蔓植物的根茎剥皮吃，给海棠树挠痒痒，在山坡上吹口哨，用竹子扎鱼然后在破烂的茅草屋里烤鱼吃，回家的时候还摘了很多野生杨梅。

在我上中学一直到工作以后的很长一段时间里，我们的亲子关系出现了很大危机，融入学校和社会，带给我们的困扰和收获一样多，我和阿爸都在跟社会不断磨合的过程中不断地受挫。但最庆幸的是，我们共同保存着那一份美好回忆，在各自的紧张时期过去以后，再度变成了好朋友。

阿爸今年六十多岁了，依旧很浪漫，还是爱看星空，会半夜起来几次给刚出生的小狗狗喂奶，给去世的狗狗立小小的墓碑，呵护菜园里的每一株植物，为大树枯死而哭泣。我是一直相信我阿爸内心也有一个房间的，因为也有那样一个房间，他才能在困苦窘迫的人生中，一直做一个浪漫的人。

---

1 此处的蛇是指无毒的蛇。比如菜花蛇总是来家里偷鸡蛋和鸡，本地人已习见一些无毒蛇了。

回到最初和朋友的讨论，如果按照现在盛行的社会分层标准，我这样的起跑线、硬件基础和人生轨迹，应该过得很辛苦才符合规律，可我现在过得比自己预想中好太多了——我有点儿担心，我怕是世界的运行者把我给忘了。我像一个bug（漏洞）苟且偷生在尘世中，一种侥幸感和后怕感缠绕着我，我会怀疑自己人生的可靠性和可持续性，会怀疑自己是不是被关在了井里。我是不是太小了、太封闭了、太狭隘了？我的足够小，究竟能不能够承受世界的足够大？我的安稳生活会不会是假的，它会不会被收回去？

我不是一个成功的人类。我的恐惧和快乐一样多，虚伪和真诚一样重，可恶和可恨糅在一起，骄傲和自卑相互捆绑。我的失去与得到不断地重塑着内心和肉体，虚无和充盈交替出现。盛夏和严冬轮番拷打着我的灵魂，爱意和憎恨在争夺着我的大脑。

但在每一个僻静无人之夜，在我失意困倦之时，我的小房间还是那么光亮，狗狗、马儿、牛儿、鱼儿、野草、月季、小溪、山野和大地，它们还是鲜活地存在在我的房间里。

当疾病肆虐大地，当洪水淹没城市，当金钱和权力模糊着界限，当爱与被爱的挣扎、对自己有无价值的怀疑、对过去的悔意和对将来的畏惧……当这些即将击倒我的东西一遍一遍卷土重来时,我的房间就会安安静静地容纳我。我躺在我的房间里,和我的狗狗抱在一起,我们被包裹在那一阵温柔的氛围里,在青石板上无人打扰地恣意安睡。

或许这就是内心的房间存在的意义。我一定是一个非常非常幸运的小孩,才有了这样的一个房间。

第一章

寨子里的童年

童年的村子

我出生在云南一个十分偏远的地区,丛山围绕、层峦叠嶂都不够形容它的偏远,外人如果不亲自走进那个地方,根本不会知道还有现代人生活在那片严严实实的绿色屏障里。

一九九〇年出生的我,童年仍在较为原始的部落里度过。我的村子里没有自来水,没有医生,没有公路,很少家庭有手电筒,一直到六岁之前,只有一家人有黑白电视。村里的通电方式是依靠一条非常原始的花色电线,绕过几根歪歪倒倒的树桩拉向各家;有的老人家里不愿意拉电线,所以很多人家点煤油灯。每每打雷下雨,通电的人家就会停电。还好煮饭用的都是土灶和超大的大铁锅。

吃水则是去一个很远的水井里打水。有的年份天干,井里几乎没有水,大家就用桶排队,估摸着时间快轮到自家了,再去认水桶打水。小坑里渗出来一桶就能打一桶,如果实在渗不出来,就只能进山里用驴驮水了。

大人们如果天黑以后还要出门,就会点火把。火把的顶端是一种特殊的树木,我不知道汉语叫什么,我们的语言发音叫"黑几咩",树干本身会分泌油脂,点燃以后可以燃烧很久。

有一次阿爸病了,阿妈凌晨出门,打着火把走了很久很久,去另一个村子请了赤脚医生,又打着火把把他送回去,然后才打着火把回家来。露水打湿她额前的头发,把她衬得更加消瘦。

到汉族小学读书以前我都在村子里长大,向外没有去过比家附近的稻田更远的地方,但是向山里就走得很远。每年雨季我们都会去捡野生菌,在那些不知道名字的深山里,我跟着阿妈、舅母、表姐,还有另一群只知道是亲戚可不晓得喊什么的女人们去过很多次山里。山里有很多动物,除了恐怖的蛇以外,别的大多很可爱。单单我见过且有印象的,有鹿、猴子、刺猬、灰色野兔、野猪。还有一些野鸡、鸟儿一类的,十分常见。还有很多我喊不出名字、会飞的小动物,统称为"飞飞"。

六岁以后,由于我和姐姐要去另一个大一点儿的村小里读书、学说汉话了,所以家里有了手电筒。

村小是中心小学下属的小学,它又包括两种,即"完全小学"和"不完全小学"。所谓"完全小学",就是指从一年级到六年级皆齐全的学校;顾名思义,"不完全小学"就是年级并不完整的小学,又被称为"村学"。

我们就读的学校就是不完全小学。学校只有三个年级,三个年级的学生挤在同一个教室上课,数学和语文由同一位老师教授。老师也是我们村里的村民,他在上课的时候和我们讲汉话。

事实上,我们主要的学习内容是学说汉话。读到三年级之后,能够熟练使用汉话交谈的学生,可以转到完全小学继续就读。

学校离村子有十几公里,我们小孩子要走近两个小时。周五放学回家,有时候天就擦黑了,需要手电筒。银色的、放两节电池的手电筒,我很喜欢,时常在天黑后把光射向天空,想看清黑夜里有什么,姐姐就会骂我:"照着路,不要照着天!"

村子里的房子叫做"土掌房",家家相连,可以通过房顶去其他家串门,晚上一家人围坐在火塘边聊天或者烤土豆时,经常会听到阁楼上有脚步声。一点儿都不稀奇,是邻居要去另一户人家所以从我家楼上过路而已。房子下有很多地道,排水也可以走人,也是家家相连,我们时常钻地道去找小伙伴玩,搞得全身都是污泥。要说夜不闭户路不拾遗有点儿言过其实,不过大家似乎都没有什么防盗的概念。反正都是穷人,也不在乎你偷走什么。

但我一直很想偷一片星光回家,因为我实在是太怕黑了。农村的夜总是格外地黑,屋里黑得彻底,屋外星光亮也亮得彻底。普蓝色的夜晚,星星就像水一样流动,它流向一个无尽的地方,最后落进山和山之间的缝隙里。

贝玛

那时候,我们几座山里的所有村子共用一个村公所。村公所的干部很久才能到村里一次,所以本村里最有话语权的是一位老爷爷,和非洲部落的酋长有一些类似,但又不尽相同。他并不带领我们发展,只不过人们遇难事、婚丧嫁娶生宝宝、盖房砍树、出村子,都喜欢去问问他,得到他的首肯。这个风俗一直到有了村委会、自然村的概念以后,才慢慢退化。

我只和那位爷爷面对面说过一次话,大约是七岁半,那时候我的身体开始变得糟糕,时常发烧,鼻血不止。症状持续半年后的一个下午,我毫无预兆地失明了。

我外婆抱着我去找那个爷爷,他则为我们找来了同样有话语权的"贝玛",也就是跳大神的。可贝玛又不仅仅是跳大神的,人们信仰他,每每遇到人力无法解决的事,就会求助于他。

贝玛用一根松枝点水,洒在我的身上,穿着牛皮和棕榈做的斗篷,戴着面具开始跳起来,旁边的人卖力地敲着鼓点。他们都在努力救我。

那天天气很冷,我的额头噗噗地冒汗,嘴里喃喃地呻吟。我阿妈和外婆跑得很匆忙,鞋都没有穿。阿爸连夜去很远的地方请乡村医生……

好像就是从那年开始,我的童年消失了。我不断不断地住进很远的地方的医院,后来才知道那里就是县城。医院里都是白色和绿色的墙,我很害怕也很想回家,可是我不敢说。

后来的后来,我慢慢长大了,读小学,进城读中学。村子里通了公路,后来又变成柏油路。很多汉族人来种蔬菜、种烟草、种水果,小汽车停满了村头的空地。

十二岁彻底离开家去读书之后,只有周末和寒暑假有空回村里,童年记忆里的老爷爷和贝玛早已不在人世。现在回忆起那些不可思议的生活片段,就像上辈子一样遥远,我一时恍惚:究竟那是我的童年,还是我上辈子的记忆?

或许是人生在某一刻被割断了,然后我才变成了现在的自己。

野猪

我家可种的地不多,最远的一块地,在离家大约十几公里的地方,海拔两千两百米左右的半山腰。其实那块地很小,只有六十平方米左右,是家里最小的一块地。

虽然很远,土地也不肥沃,但是父母舍不得浪费,还是种上了最不需要打理的玉米和葵花,等到玉米和葵花长得小腿高,再在底下补种一批南瓜。

玉米有我高时,南瓜就开始结小小的花朵了,玉米伸出小小的头,长出粉色的、白色的和淡紫色的须,南瓜花朵就变成了一个个的小果子,像小灯笼一样,甚是可爱。等到玉米饱满了,须也茂盛了,就可以收嫩玉米啦!嫩玉米可以直接吃,甜脆甜脆的,剥下来的玉米叶子和外皮,可以喂小驴。小驴的名字叫驴宝,我给取的,半道上我总是走不动,就可以骑一会儿驴宝,可看它驮着午饭、蓑衣和肥料,又于心不忍,骑几步路又跳下来。

到了地里，阿妈把驴宝拴在小树上，我吃着嫩玉米等阿妈检查田鼠洞。好美啊，满地的葵花，黄黄的花瓣在风里微微地颤动着，偶尔有一阵花粉的味道，偶尔有花瓣径直掉落在南瓜上。这时候的南瓜也很大了，青色的，一墩墩地躺在地上，躲在宽大的南瓜叶子下。

突然！我看到玉米株一阵翻动，发出"嗤嗤"的声音，我以为是阿妈，大声喊："阿妈，阿妈，是你吗？"

阿妈却在另一个方向抬头："阿妈在这儿，怎么了？困了你睡在驴宝旁边不要乱跑啊。"

我心里既害怕，又兴奋，脸涨得红红的。我从驴宝的肚子下钻过，拿着一根细细的木棍，鼓起脸包，屏住呼吸，猫着腰慢慢向有异动的地方走去。

是兔子吗？是刺猬吗？是田鼠吗？莫非是蛇？去年我有在这里遇到过兔子，还有刺猬，蛇还没遇到过，我阿妈说有菜花蛇、青蛇，还有红白相间的，我们叫花蛇。

想到花蛇，我有点儿怕了，停在半道上做思想斗争。

阿妈检查了那一头，已经向这边走来。

"阿妈，阿妈，你别动。"我悄悄说。

阿妈很快理解了我的意思，和我一起猫着腰，把手里的镰刀捏得紧紧的，慢慢靠近南瓜丛。

随着我们慢慢靠近，响声停下了！阿妈用镰刀拨开南瓜叶，一片，两片，三片……猛地一下，阿妈拨开了一大丛南瓜叶——好家伙！两只棕红的小东西嗷嗷叫着冲了出来！一个南瓜已经被它们给撅烂了，汁水混着嫩嫩的瓜子流到土地里，一片狼藉。

"是野猪！妹妹[1]，这是野猪哦！"阿妈喊起来。

我这才看清楚，棕红的，有一道道淡白色的花纹，小小的头，小小尖尖的嘴。

它俩疯了似的到处乱撞，我一时蒙了，不知如何是好。阿妈拉着我往驴宝那儿走，并没有要赶走它们的意思。

走到小树旁，我立刻爬到驴宝的身上。阿妈拉着缰绳，静静地看着玉米地。

小野猪已经躲在埂子旁边，地里静悄悄的。

"大野猪要来了。"阿妈说。然后她打开铝饭盒，在旁边折了两根树枝递给我："先吃饭。"

饭盒里有半盒冷饭，还有一点点咸菜。我挑起来吃了两口便不想吃了，只想盯着野猪。

阿妈接过饭盒，大口大口吃起来，眼睛却不离开玉米地。

果然，不一会儿，大野猪来了，棕黑色皮毛，淡棕色的花纹，有长长的牙齿！它跑起来声音很大，扑着向两个

---

[1] 此处"妹妹"是母亲对"我"的昵称，下同。

儿去了。

或许是说了一会儿悄悄话，它们慢慢地离开了，走进地旁边的小道，消失在树林里。

阿妈带着我去把烂瓜割下来，丢在埂子边。又把玉米扶正，培了一下土，再继续检查田鼠洞。

我不敢再独自坐在地边，还是趴在驴宝的背上，风吹着我的头发和后背，吹过我的耳朵尖尖，吹过我裂了一半的小凉鞋。不一会儿，我抱着驴宝睡着了。

打家具

决定考民办教师之前,阿爸是一个木工,他的手艺是早年与外村的老人一起去个旧打工的时候学会的。有了我和姐姐以后,阿爸不再外出打工。得益于他的手艺,家里的床、桌椅板凳(包括姐姐用完我再用的儿童吃饭椅),都是自制的,没花什么钱。

木材的来源是家里种植了几辈的杉木,彝话叫作"仙溪"(音)。树都在山里的旱地旁边,就是《野猪》一篇提到的那个地方,离家远,因此,从计划做一件家具开始,就得做许多的准备。

首先得选一个好天气,下雨的时候砍树可不是一个好时机,被雷击中的风险增加,且树干湿滑,道路也湿滑,土地也因为雨水而变成泥……不仅不方便,还十分危险。

在一个晴好的天气里,阿爸会把锯子、斧头、绳索、水桶和化肥袋准备好,扛着锄头,带上午饭出门去。我一言不发地跟在后面。出了村庄走到小路上时,他才发现我跟上来了。"我可是走得很快的。"他会停下来警告我。

"我也很快。"我说。事实上,即便此时阿爸把我使回家,我一个人也不敢走,村外一圈都是大大小小的坟墓,我一个人害怕。

我的加入显然拖慢了他的脚步,我要在路上看看花,看看树,看看蝴蝶、毛毛虫、蛞蝓、同路的同村人带着的狗……每一个都分散我的注意力,阿爸不得不时不时催促我一句:"天黑了就看不到路回来了。"

杉木种下去的时间不一样,有大有小,大的得成年人环抱,小的还没有我的手臂粗。太粗的不行,阿爸一个人处理不过来,太小的不够。他左看看右看看,选了好一会儿,才选中一棵满意的。

"嗤啊嗤啊",锯子来来回回,平锯出一道口子,阿爸把斧子对准裂口敲击两下,再从斜上方另锯一道口子,就能取出一块完整的木块来。此时是最关键的时候,只见阿爸把事先准备好的、削尖了一头的粗木棒伸到树干的缺口里,用力敲击,神奇的事发生了,树冠乖乖地偏向一侧,待阿爸再度拿起锯子连锯十来分钟之后,整棵树轰一下倒下来。倒下的树枝折断了,发出"咔嚓咔嚓"的声音,但与之相比,树叶用力拍向地面的声音更大些,像坏天气的海浪。

我拿起小斧子,学着阿爸的样子修理枝丫。杉木的叶子尖尖的,像迷你的剑,刺痛我的皮肤,散发出浓烈的杉树的味道。树皮渗出一层油脂一样的分泌物,糊在我的小腿上。我用野草叶子擦了一下小腿,才发现树叶已经把皮肤刺出血来了。

"你到边上去,"阿爸命令我,"你力气小,干不了,要是受伤了倒是亏了。"

"我会挖洞。"我边说,边小跑去拿锄头。阿爸劝阻不住我,只能随我去。

砍一棵树,种一棵树,这是约定俗成的做法。

在砍树的不远处,阿爸已经选定了一个地方,也挑好了树苗。我清去土地上杂乱的树枝和根部深深抓着泥土的野草,开始挖洞。

种杉树得挖一个实打实的洞,要到我的腰部那么深才行,浅浅的坑立不稳树苗。它抓不稳泥土也喝不够水,很快就会死掉。

挖坑的时候我也不是那么专心,东摸摸,西看看,啥都好看,啥都好玩。毕竟这事不像干农活儿,因为总觉得种树和生计没有太大的关系,所以也不那么紧张。阿爸的树干已经处理好了,我才只挖了一个小坑。

阿爸像是早知道会这样,笑着走过来,让我去树林里打水:"要打得满满的。"我拿上桶,晃晃悠悠朝林子里去。

水井在一棵巨大的树脚边,形状似瓮。大约半张床那么宽的水面,能看到靠近树根的一侧在不断地冒出新鲜的水源。大树上布满薛类和藤蔓,藤蔓上盛开着粉色边缘、白色中心的细长花瓣的花朵,花瓣掉落在水面上,被冒出的水源推到水边。我又被迷住了。

等打水回到树苗旁边,我发现阿爸已经把苗立起来了。我觉得受骗了,急了:"你不等我,都没倒水进去呢!"阿爸拍拍手:"不要着急,好好地讲,慢慢地讲。只是量一量深度够不够,你倒水吧。"

这个小误会让我有点儿尴尬。为了找补,我自告奋勇扛最尖尖的一段树干回家。未晾干水分的树干重极了,我扛着比我身子长许多的木头,一路跟在闷不作声的阿爸身后回家。放下木头时,我俩肩上都湿透了。

父母又先后去了两次,才搬回所有木头。木头晾上几天后,架在架子上,用推子推了树皮,用染了墨水的棉线打上标记,就可以切分了。这是力气活儿,阿爸的胳膊鼓鼓的,汗滴在木头上,很快被吸进去。分开的木板再用推子推平,打去毛边,测量好尺寸,这才开始做出家具的雏形。

我和姐姐睡的床已经被蚁虫吃空了,要打一张新的。接连几天,我都在给阿爸打下手——弹棉线、递工具、清理木屑,烈日和下雨时,把木板都用蓑衣盖起来……其间阿爸一直在说他小时候的事,各种各样的。

有好笑的,说是邻居叔叔裤带拴了死结去赶集,到肚子疼得忍不住时,沉着脸大步冲到别人家里,拿起镰刀就朝自己肚子上划,吓得不明就里的主人家嗷嗷叫。说不懂得汉话的人,下雨时想和路人借廉帽(斗笠),开口就是"老大哥,我的廉帽给你戴一顶",又去买袜子,不知道怎么说,便说"给我脚衣"。

最经典的是一个关于乐器的故事,说花腰姑娘嫁了汉族男子,回娘家的时候,听说女婿爱吹拉弹唱,丈母娘用半吊子汉话热情地招呼:"嘀哩哒啦在楼上,你去楼上吊死吧!(吹的弹的都在楼上,你去楼上演奏吧!)"这些好笑的事家里人总是反复地讲,我不晓得听过多少次,每次还是会笑起来。

他也会讲些别人没讲过的。他说他带着饭团去上学,结果饭团从包里掉出来,沿着坡往下滚,他忙不迭去追,最后饭团还是滚下了路面,找不见了,饿了一整天。他说我还是小婴儿的时候,小五叔和姐姐一起把房子烧了,借了钱才重新盖起来。他说奶奶去世得太早了,有时候他都想不起来奶奶的样子,更别提小五叔。

我默默听着,有时候掉眼泪,有时候觉得喘不过气来,就盼着姐姐放学回家可以一起玩,心里能松快些。

每当想起和阿爸一起砍树、种树、做木工活儿的事情,首先出现在脑子里的就是味道,杉木叶子的涩味,铝饭盒里残留的酸菜味,锯开的木头甜甜的、清新的气味,还有阿爸身上的汗臭味,身边的鸡突然拉屎的腥臭味,还有墨水的味道,树皮里油脂的味道……之后就是声音,棉线被拉起又重重弹在木材表面的声音,"嗡",推子的声音,"唰唰""嚓嚓",就这么来回地反复着,不知不觉人就进入了一个放空的状态。

和阿爸一起做木工活儿的时间总是过得飞快,总觉得没做出多少成果来,天就快黑了。阿妈背着背篓回家,阿爸就得去做饭了。

我坐在堆在一侧的木板上,看着弯曲的路,等着姐姐的身影出现。哪怕看不清样貌,光是看走路的姿势我就能认出她来。一到那时候,我就会朝屋里喊一声:"我去新房子(一个地名)玩一下!"不等父母回应,我已经跑出很远。

蚂蚁唱戏

这是我和姐姐之间的默契。在她放学之后、吃晚饭之前,我们在新房子会合,抓紧时间玩"蚂蚁唱戏"。

所谓蚂蚁唱戏,就是两个人屁股对着屁股,双手撑地之后,抬起双脚和对方的脚勾在一起悬空,两个人合二为一,仅靠四只手支撑。从结构上看,神似一只蚂蚁。如此这般之后,几个队伍之间就比谁移动得更快。

尽管年龄差了几岁,好在姐姐个子很小,我们之间的力量还算匀称。玩起游戏来,头就朝下了,倒立的世界一瞬间变了光彩,什么都变得好新鲜。姐姐的脸涨得红红的,马尾辫在地上扫来扫去,看起来一点儿也不像人类。

我笑起来,笑着笑着,鼻涕冒出来,倒流到脸上,我急得喊:"等一等,我淌清鼻涕了!"姐姐的马尾辫就算是扫过地上的鸡屎也丝毫没有停下来的意思,我的手心被小石子硌得生疼,鼻涕糊在脸上睁不开眼睛,可是姐姐不喊停，我就不能停下来。

凭借着这样的"拼搏"精神，我们经常在比试中获得胜利，这让她的同学，一个叫小芬的女孩很是不满。"有本事就比滚坡坡。"她提出挑战。

新房子那个地方没有人住，路下方就是一条长坡，长满了和我一样高的解放草（学名紫茎泽兰，又名破坏草），还有别的不知名的植物，绿茵茵一片，散发着一种无人涉足的神秘气息。小芬说的滚坡坡就是指抱着头从坡顶滚到坡底。

夏天蛇多不说，也不知道那片绿茵里有什么东西，我发怵，叫姐姐不要应战。姐姐把书包往我手里一塞，放下适才玩蚂蚁唱戏时挽起的袖子："比就比。"我紧张极了，这是生死存亡的时刻：我有预感，接下来一个学期，姐姐在学校的地位，就靠这一场比赛来决定。

比赛吸引来好几个小孩子，现场变得沸腾起来，就连扛着锄头回家的大人，也笑嘻嘻地站在一边看热闹。小芬和姐姐站在斜坡顶端，两个人看起来都志在必得。

"数到三才出发，谁都不准赖。"

"赖的人是猪。"

"一，二，三！"

两个女孩抱住头，同时从山坡上滚下去，压倒密密的解放草。一瞬间，空气里都是解放草叶子断裂时散发的强烈的草本味，人群中传来小声的惊呼声和戏谑的喝彩声。

一圈又一圈，两个女孩各自在一片绿色中滚出来一条歪歪斜斜的通道，像麦子被收割了一列。解放草的丛林，被开辟出两条通道来。

小芬个子大、体重大，抢先到达底部，她很高兴，睡在地上哈哈大笑。我本以为姐姐输了要生气，没想到等她也到了坡底，竟然也是哈哈大笑。小芬站起来，踉跄了两步，之后对着我们喊："你们也来！太好玩了！"

看到她们都没事，几个大孩子一下子就滚了下去。有两个人半道滚在一起去了，停在半坡上，其余的人都滚到了坡底。

孩子们太开心了，一下子爆发的嘈杂声引来了好几个大人，看到眼前的场景，他们连连摇头："比牛都皮实。"

原本神秘莫测的一大片解放草，现在全被压倒了，看起来像一张紫绿色的被子铺在坡上。被子上是一群不知道天高地厚的孩子，肆意地享受着这一刻的欢乐。他们喊我："快来！"

我站在坡顶，心里打鼓。姐姐鼓励我："不疼，很好玩，抱着头闭上眼睛滚下来，我接着你。"我实在害怕，又觉得我要是不玩，就被看扁了，心一横，抱着头，蜷缩着身子滚了下去。

光线随着翻滚忽明忽暗,耳边的声音忽大忽小,急剧浓烈的解放草味道冲撞着鼻腔。短暂的紧张过后,我突然觉得快活起来,那感觉自由极了:我感觉自己是一只小猪,在毫无顾忌地撒欢。

我也大笑起来。

大孩子们很快就发明了新的玩法。两个人、三个人抱着一起滚;做出蚂蚁唱戏的姿势,但是四手相牵,像个圆圈一样一起滚落;伸直了身子,像根木头一样滚下去……

这个游戏持续了许多日子,一直到阿爸把新床打好了,雨水变得更多了,没法再玩,那一坡的解放草才终于迎来喘息的机会。它们可厉害——只几天没去玩,竟然一下子,全部又站起来了。

许多种天气

阿妈是村里数一数二的务农好手,她熟悉种子的习性,深谙如何养护土地,并且奇异地掌握着天气。"当农民就要了解天气",这是她经常教导我的话。在天气预报还没能来到我们身边之前,她总是能预先感知天气的变化。每天清晨,她站在屋外感受片刻,再决定是否需要调整接下来的劳作计划。

"明天要下雨,今天不能打药。"于是她会把计划变更为锄草,把田埂周边的野草都割掉,把水渠清理出来。"水排不出去,地太湿,烟就要得病。"

我从她的行为中习得了一些皮毛。假如黑色的云朵出现在几个山头之外,也未必会下雨,其中的关窍在于自己头顶,头顶上的天空是亮堂的,云朵稀少,那雨大概率不会下过来,如果头顶的天空有些薄薄的云朵在聚集,光线也产生了很小的变化,那么雨就会降临。

晴天也很容易判断，空气中会有晴天的味道，那味道若是浓烈，那么接下来势必几天都是晴天。相应地，雨也会有雨来临之前的味道，一旦闻到那个味道，就算太阳再烈，也必定会下雨。

这套方法很少出错，即便是天气多变的盛夏，它依旧行之有效。

难以感知的是冰雹，冰雹不给我们任何的准备机会，有时候，它甚至会在雨水之前到来。有几次，为了保护烟叶不被冰雹打坏，我和姐姐慌乱地给烟叶盖上篷布。我们身上被冰雹打出许多青紫，疼痛伴随着噼里啪啦的巨响，每每回想起都让人心有余悸。而这样的临时救场，一般也就能挽回极小的一部分损失。

以前没有农业保险，烟叶若是被冰雹打坏了，整个种植季就白干了。冰雹是我们最害怕的天气。好在冰雹不常有。

风是十分重要的事物，很多农业活动都需要风帮忙。晒萝卜条、萝卜丝的时候，得靠风把它们吹干；打麦子、油菜的时候，需要风帮忙把粉尘和作物的外壳吹走。但炎热的夏末秋初，风变得小气起来：它不常来，即便来，也就那么一瞬间，一粒麦壳都吹不走。

阿妈从外婆那里学到了召唤风的方法。

需要风的时候,她就扎紧头巾,双手叉腰,站在田埂的尽头,对着空旷的山谷吹口哨。

那是一阵有旋律的口哨声,阿妈说,旋律是为了风能听懂方向。因为每一次风都会来,所以这段旋律对我来说像魔法,我很快就学会了。

下一次请风来的时候,我和阿妈就会一起吹。

风有时候强,有时候弱,但它总会来。

写到这里,我查阅了一些资料,想知道当我和阿妈一起吹响那段旋律的时候,周遭的世界究竟发生了什么。

"吹口哨并不能真正'引来'风。吹口哨只是通过声音的振动引起周围空气的流动,从而产生风。当你吹口哨时,口腔和舌头产生的高速气流会扰动周围的空气,引起小范围内的空气流动。这个流动的空气会带着一些周围的空气一起流动,从而产生比较微弱的风。"网上是这样说的。

原来不是魔法,我有点儿失落,随后又对着电脑屏幕笑了起来,当下就决定忘记这个科学原理,坚信那就是一个魔法。它是我和阿妈之间为数不多的共有的快乐,我宁愿一直把它当成阿妈的超能力储存在记忆中。

有一段时间,阿妈还非常热衷于扮演天气预报员。我们家里没有电视,姐姐去同村家里看电视,学会了天气预报这个说法,阿妈就会在做活儿间隙模仿预报员给姐姐看。但她也不知道预报员具体是怎么说的,只大概有个印象,于是就乱说一气:"左所地区,西南风,二十七级……阿嘎龙地区,阵雨,一百毫米。"说罢,她会自己笑一声,略带迟疑地说:"一百毫米是多少?"

我和姐姐都不知道。看着我们懵懂的脸,她一下子又自信起来:"上寨地区,雷阵雨,一万毫米。"

有时候她的动作太夸张了,我和姐姐会忍不住笑起来,姐姐说她的模样和电视里的天气预报员半点儿关系都没有,但她还是喜欢缠着要阿妈表演。阿妈抚着汗,下垂的胸部在空荡荡的旧衣服下晃动。和村里的所有女人一样,她从未穿过胸罩,这让她看起来更舒展自在了。阿妈站在地头表演的时候,和平时的每一个样子都不相同,她看起来很快乐,没有束缚,山谷是她的背景,她的手划过干干的风,扬起的尘土也变得生动起来。

尽管她的表演不会持续太久,因为她会在自己也沉浸于快乐中时突然强行要求自己停止这样的快乐,板着脸回归劳作。但在她担任天气预报员那短短的几分钟里,我们都感觉到了十分明确的幸福。

夜雨突袭

夜里的雨,人没有防备。我先是在睡梦中感到一阵寒气,觉得肩膀头子冷得很,拽上被子企图把整个身子盖住。刚盖上一会儿,背上挨了一掌。

我拽走了太多被子,姐姐被冻醒了,顺手一掌,算是出气。这时候,她拍拍床边的木板:"下雨了。"

我揉揉眼睛仔细听,果然是下雨了,下得还不小。我一下子就清醒了,伸手拉电灯开关的线,拉了两下都没亮,便知是停电了。

木板的另一边是阿妈和阿爸的床,狗睡在他们的床边。他们几乎是同时惊醒过来,阿爸点了一根蜡烛,一家人一起下了楼。楼下的鸡也醒了,咕咕咕地叫唤着,原本宁静的夜晚变得忙碌起来。

我们人手一样容器,阿妈拿着塑料桶和坏了一半的塑料盆，阿爸拿着大铁盆，我拿了水瓢和我的绿色小水桶，姐姐把狗碗踢到门后，雨水滴滴答答落进狗碗里。她很为自己精准的脚法而感到骄傲，得意地看了我一眼，随后转身拿起汤锅，快速地跑上楼去。

阿爸顶着雨出去了。马棚里也漏雨，且漏得厉害，他得赶快把大铁盆放过去。阿妈爬上阁楼，去拯救放在上面的谷子。我和姐姐熟练地在各个房间的漏雨点放置好容器。

雨越下越大，雨水滴落在盆盆罐罐里的声音也变得快速且响亮起来。姐姐检查了一圈，确认没有遗漏，然后回到床上，把被子的边缘压在自己身子下面："不要抢我的被子。屁股也不准碰到我。"

我吹灭蜡烛，爬上床。床褥因为湿气而变得更冰凉，我打了一个哆嗦，小心翼翼扯着我的一半被子躺下，刚躺下就发现枕头湿了。

"我的枕头湿了。"我小声说。

姐姐没有理我。

我重新点燃蜡烛，想看看我的枕头，刚准备起身，一滴水漏在我的头上。抬头看去，费劲儿地等待许久之后，才发现瓦片与瓦片相叠的缝隙里，一滴小拇指指尖大的水，正在慢慢汇集成更大的水滴，眼看就要落下。

"我的头上漏雨了。"我推推姐姐。

她翻过身,也盯着我的头顶看了好一会儿,直到那滴水终于掉下来,她才确认我没有说谎话。

她缩着肩膀爬下床,从床底下翻出一个黑乎乎的玻璃罐子,拿开我的枕头,把罐子接在水滴的正下方,又把我的枕头翻了一个面,挪得离她更近:"睡吧。"

我竖起耳朵听,大人还没有回屋里来,想了想,决定接受这个方案。吹灭蜡烛,贴着姐姐睡下了。

"屁股不要碰到我。"姐姐再次警告。

我竭力控制着自己的身体,在紧贴姐姐的同时,保证自己的屁股不要碰到她。

屋里屋外都是滴滴答答的声音,我觉得一点儿困意也没有了,于是一直睁着眼睛,想象那个水滴是如何从有到无,由小变大,最后支撑不住,掉落下来。越想越清醒,突然觉得害怕起来。

这时,父母上楼的脚步声响起,我从被窝里钻出来,走到他们的"房间"。那边的情况也没有好多少,雨水沿着墙壁渗漏下来。

"我的头上在漏雨。"我说。

阿爸走过去检查。"真的在漏,之前这个地方好像没漏过,"他对姐姐说,"我要拖床咯。"然后没等姐姐起来,他直接连人带床给挪到了屋子的正中间。"这下哪里都滴不到了。"

姐姐笑起来，她觉得很好玩。我冷得很，爬回被窝里，自觉地把枕头挪回原位。阿妈也进来了，她手里多了一个没有提手的桶，放在了那滴水的正下方。

大家都重新躺下之后没多久，雨渐渐小了，屋里滴滴答答的节奏也渐慢下来。

我忍不住地想看那漏水点还有没有在继续滴水，但又怕吵醒姐姐会挨骂。我忍耐着好奇，在黑夜中环顾，床的四周都没有靠着墙，意识到自己正反常地睡在屋子中心，这让我觉得很没有安全感。

这时，我仿佛听到姐姐在被子里很小声地啜泣，又听到父母一直在讨论是应该加瓦片还是应该直接换成石棉瓦的屋顶。一直到我睡着，也没听到一个结论。

这样的夜雨在那个夏天下了许多次，我们也在半夜起来接了许多次，我和姐姐的床一直摆在正中间，像临时的，又像是永久的。

那段时间，我老是反复做一个梦：我坐在小船上，小船漂在无边无际的海洋之中，有时候海洋平静得像一块布，有时候它咆哮、狰狞。不论海上的情况如何，我一直待在我的船上，任由它毫无目的地漂浮。我不知道自己会在船上待多久，也许是暂时，也许是永远。

老房子修修补补，不管怎么补，也总要漏雨。等到雨季结束时，我们已经接受了床的位置。

我察觉到了床在中间的好处：可以从任何方向爬到床上，也可以从任何角度下床而不吵醒姐姐。我渐渐发觉这其实是一件很好玩的事。床并非一定要靠着墙才行，也许它不仅可以摆在屋子的正中间，还可以斜着摆，或者干脆挨着门口，一进门就睡觉，再或者，床可以带在身上，那样的话，任何时间、任何地点，想睡就能睡了。

重要的不是睡在哪里、怎么睡，而是可以入睡，这才是睡觉此事的重点。

自从教会自己接受这个想法，我就再没做过那个关于大海的梦。

谢谢稻田

我家有且仅有一块小小的稻田,比村里任何一家人的都要小。旱地倒要多些,原因不明。所以在这块稻田里做的活儿是最具新鲜感的,打理稻子的农活儿和其他作物比起来也要娟秀些。我很喜欢那块稻田。

春雨下过后,村子里雾蒙蒙的,层峦叠嶂都被笼罩在一层薄纱里,空气里有一股草地的味道,有一点儿涩涩的香味。阿妈要去插秧了。

稻田被犁过,松整了泥土,放上新的水,有一些水生的小绿叶已经按捺不住先冒了出来,水面上闪着波光,蜻蜓偶尔来点一下水,青蛙躲在田埂边咕咕的,时不时能看到几只小蝌蚪成群结队地游过——稻田已经准备好迎接秧苗。

那一年阿爸已经考上了民办教师,放假才能回家。阿妈又不喜欢请帮手,若是请了帮手,过后得把人情还回去，所以插秧时常要耗费一整天。

早晨天蒙蒙亮，阿妈就出门了。她先要去别人养苗的田里拔寄养的秧苗，再背去稻田里开始真正的工作。

约莫八点半，我和阿姐生火把米煮上，然后把煮好的米捏成饭团，放在炭火上烤到表皮焦酥。让甑子[1]蒸着饭，我们给阿妈带上饭团，去稻田里帮忙。

插秧真的很累人，尤其很累大人，因为要一直弯着腰工作，所以阿妈时不时就得站起来捶捶腰。我个子很小，插秧不觉得累，可我的手太小了，插不稳，秧苗东倒西歪，不一会儿又飘了起来。阿姐气得一边骂我笨，一边跟在我后面，把我的秧苗一棵棵扶正。阿妈说："妹妹别干了，先去吃饭团吧！"

我于是走回田埂上，把手上的泥洗掉，准备先掰一小块饭团吃。蓦然，我看到自己的小腿上挂上了两条水蛭。它们正在吸我的血。

"阿妈，阿妈！"

"怎么？"阿妈问。

"蚂蟥吸上来了。"

阿妈把手上的一把秧苗随手插在一边，向我走来。

---

1 在贵州、四川、云南等地区广泛使用的炊具，主要用于蒸米饭。

"你等等，去找你阿都借火柴。"（阿都是一个称呼，代表"侄子"，实际此人已经四十岁，我家辈分比较大。）

阿妈拿着火柴回来，点着了一根木棍再吹熄，用烫的木棍轻轻地烤水蛭的头。只见它急剧地扭动着身躯，阿妈瞅准时机，一下把它拔下来了。另一条也是如此。

"还好，没有钻进去，阿买（我姐的小名），你也别做了，上来吃饭团。"

母女三人席地而坐，一人掰了一小块饭团慢慢地吃着。远处是别人家请了帮工来插秧的笑闹声和歌声，他们用彝话唱这春天的歌："水是银色的水，田里鸟又来了，它衔起银色带子，往天上织雨去了……"

稻子静悄悄地长大。等到捡菌子的季节过去，天边的云越来越红，就该割水稻了。

割稻子一般都会选在全家人都有空的日子，因为需要在村完小（村完全小学）教书的阿爸和在镇上读书的小五叔一起回家踩打谷机。小五叔只比姐姐大五六岁，但他干的活儿全是大人的活儿了。

那时候的打谷机不仅效率很低，还十分费力。最要命的是它会让稻子四处飞溅——稻壳上的细针溅到身上，会让人疼痛、瘙痒不已。

也就是打稻子那一天，有一颗稻子飞进了我的耳朵。

可我丝毫没有察觉，我忙着在稻田里巡查，看有没有遗落的鹌鹑，得让它们全家搬走，否则会被镰刀误伤。

那颗掉进耳道里的谷子就这样慢慢地往下滑落，直到我觉得耳朵疼得不得了，直到某一天上课的时候，我感觉那只疼痛的耳朵突然一热，一股血水顺着耳朵流下来。

老师联系了阿爸，阿爸拉着我，我们去离家很远的一个镇上看耳朵。

我很怕医生，总觉得他们很严肃很凶，并且汉话我不是全部都听得懂，不免觉得窘迫和紧张。那是一位五十岁左右的男医生，他头发很少，胡子却很多。在器械的帮助下，他从我的耳朵里取出了一颗黑色的谷子。"泡得都快发芽了，怎么搞的，现在才带来。耳膜看起来是受损了，我们这里补不了，县里也补不了，你要带娃娃去玉溪补。"医生讲话又凶又快，我当时只听懂一点点。阿爸红着眼睛点点头，带我去领药。

从那个医院出来已经下午六点多，夕阳的余晖淡淡地洒在路两边的稻田上。大部分的稻田已经割完稻子，剩下稻根和鹌鹑的巢，映着赤橙色的粼粼水光。

我们得先坐乡际班车回乡里，再从山上步行回村。六点多，太晚了，已经没有班线车往回乡上的方向开，我和阿爸只能沿着公路边走边碰运气，看有没有私家车愿意载我们。

阿爸左手拿着买给姐姐的本子和他的斜挎包，右手牵着我。那天我穿了一双白色破边的毛线袜子和一双蓝色的塑料凉鞋，还有姜黄色的毛线裤。

走了大约一个小时以后，阿爸问我："妹妹，还能走不？"

"能走。"

"耳朵疼吗？"

"不疼。"

阿爸把本子和药挤进挎包里，腾出手俯身抱起我。

"阿爸我不要抱，我还可以走一分钟。"

"哈哈，一分钟是多久？"

"阿姐说一分钟就是一个钟头。"

阿爸笑起来，笑着拍拍我的背。这时候，耳朵里黄色的药水流出来，阿爸把我举起来放在路边的一截垾子上，赶忙扯过自己的衣服擦拭。

"疼不疼？"

"不疼。"

他蹲在我的面前，双手扶着我的膝盖，低着头，眼泪嗒嗒嗒地掉在我姜黄色的裤子上，晕开一个褐色的圆圈。不一会儿，我的裤子就褐了一小块。

"阿爸你不要哭呀，妹妹真的不疼，真的。"

阿爸始终没有抬起头，直到稻田里的余光已经渐渐退去，深林里开始传来"呱呱"的鸟叫声。

那天我们走了很久很久，直到晚上十点回到村里，也没有搭到车。

从那年开始，我再也没去打过稻子。此后每一年里打稻子的那一天，我总是留在家里晒粪，或者剁猪草。

再后来，差不多二〇〇三年，我们就不需要去粮站交粮食，街上的大米也变得好便宜，很多人家都不再种稻子了。

稻田终于完成了它的任务。

小时候的冬天

我从小就喜欢春天。小时候的冬天比现在冷得多，我和姐姐的手总是长满冻疮，冬至过后，冻疮格外地痒，但是挨过年开春了就会好很多。

冬天实在糟糕，冻疮疼得不得了，我们没有冬鞋，只有一双布鞋，如果布鞋湿了，就只能穿凉鞋，最多在里面加一双袜子。上课的时候两只脚冻得直疼，等到放学已经冻得没有感觉了。不止我这样，我的同学们也是这样，并没有什么奇怪。

可是太冷了，总要找点儿事做。上午第二节下课，大家会一窝蜂地冲向学校旁边的田野，稻田里的水面冻上了薄薄的冰块，男生们会径自拿起来一块送入嘴中，嚼得咯咯脆，冻得满脸通红，鼻涕流下来就用手袖擦一下，袖口常年一圈黑黄黑黄的硬质污渍。

女生的玩法有些不同，我们会把冰块小心翼翼地拿起来，选择一个角落，不断地吹热气。慢慢地吹出一个小小的洞，再用野草穿起来，提回教室。然后就没有然后了，因为这块冰块的宿命就是慢慢融化，融化在冬天的课堂里。那这个游戏的乐趣在哪里呢？我也不知道，或许和钓鱼一样吧，重点不在于吃鱼，而在于钓，我们每天都在期待明天比今天带回更大的冰块。

有手套的女生总是能捕获更大的冰，让人艳羡。

星期五下午两点半点名完毕后，大家伙一起打扫学校卫生，这一周的课就算上完了。之所以这么早放学，一是因为我们要走远路回家，二是因为食堂不能做下午饭，万一做多了，周末没有人吃，浪费了。

我们不会想这么多，能早一点放学自然是欢快的。一般和我一起回家的有我姐姐（她去上中学以后就只剩我自己了），还有她的一个同学。我们三人结伴，从学校出发，走到家里大约要走三个小时，正好吃晚饭。

实际上这段路只需要走两个小时，多出来的一个小时，我们去采山茶了。山茶也叫凤尾茶，只在秋冬长大，一簇簇地长在岩石和岩石中间的土地上，散发出甘草一样的香味。把它们连根拔起，抖一抖土，用鞋带绑好，放进书包就可以带回家。路上会遇到放羊的人和放牛的人，有的羊会吃新鲜山茶，我偶尔会给它们一些。

带回家的山茶会有三个去处：一是被外公直接煨煮来喝掉；二是拿去房顶上晒干，星期天回学校再卖给专门收山茶的人，一捆大腿那么粗的山茶，可以卖一块钱；三是被阿妈研磨成粉，混在我的饭里——我讨厌吃任何形式的蔬菜，所以大多吃烤土豆一类，阿妈认为山茶可以降火，我应该多吃。

我阿妈总是搞这些东西，混在我饭里的还有烤干的四脚蛇、脆蛇和松鼠肉干，我很不喜欢。她一直期待我会因为吃进这些奇怪的东西长胖一点儿，但是直到二十三岁，我都是细竹竿，小屁股小胸脯，看起来能够轻易折断的四肢，是营养科学和运动科学让我迎来了二次发育。感激科学。

回忆起来，姐姐应该比我更加讨厌冬天，那时她已经是爱美的年纪了，却总是满手冻疮，耳朵也是，冻疮留下许多暗黑的色素沉淀，她的手总是看起来黑乎乎的、脏脏的。她的两个小拇指都因为长期长冻疮而变形，至今无法完全伸直。

冬天本应有一个美好的时刻：洗澡。没有自来水，没有太阳能，没有洗澡室，在那个偏远的山村里，我们一年只洗两次澡：过年之前洗一次，火把节洗一次。

如果水缸里明明有满满的水，父母还要一起去寨子另一头挑水,我就知道要洗澡了。洗澡就在厨房里进行,因为就用做饭的大铁锅烧水,在灶旁边洗澡,方便中途加水。

我家有一个巨大的铁盆,瘦小的我坐进去只能露一个头和半个肩膀,它不仅要给我们洗澡,还要洗衣服、洗床单,特殊时期还要负责放晒干的青菜。

大盆旁边是火盆,把整个厨房烤得温暖又干燥。火光把厨房变成橘色,大澡盆水汽氤氲,狗子在厨房门口守着,窗外是月色如洗,从瓦房中间射进一丝光亮。

可是因为阿妈,这个美好的时刻不再美好。她和我身上的泥垢是世仇,下手毫不留情,每每搓到腋窝,我都觉得自己的胳膊和身体分离了,灵魂从皮肤出逃,和那些搓下来的泥垢一起在水里旋转……旋转……

也不怪她不留情,洗了我还要洗姐姐,洗完姐姐还要洗大盆,洗完大盆才到她自己……忙完这一切,也没力气再继续烧水了,她和阿爸一般都会选择挨着冻在天井里冲洗一下自己。

等阿爸洗完,收拾好,把火扑灭,和阿妈说着悄悄话把门锁上,我早已经睡得忘乎所以。洗完澡总是好睡的,这是亘古不变的真理。

好像就是这一次洗完澡以后,春节就会来了。春节来了,春天就来了,门口的野草又开始发出嫩芽,风把草絮吹得到处都是,布谷鸟咕咕咕。一年最冷的日子,就这样过去了。

我又迎来了春雨和惊雷、放学路上的小野花,还有书包上的绿色蚂蚱。

阿妈的"不要紧"厨房

和阿妈一起生活是一件很有挑战性的事。阿妈自己的个人生活,小到吃饭大到人生决策都十分地随意,自然,她对于抚养孩子的标准不是太高,基本上是"活着就行"。

印象最深的就是阿爸不在家时,她为我和姐姐下过的厨房。如今回忆起来,十次有八次,我们都是侥幸才没有黄曲霉素中毒。

为了图省事,她会一次性蒸许多米饭,蒸好的米饭吃了几顿依旧没吃完,夏季,剩饭很快就发酸了。阿妈带着我们干完农活儿回家,也不检查一下,直接把甑子往锅里一放,没一会儿就开饭。姐姐端着碗,看着略微发红发酸的米饭,问:"阿妈,这个不能吃了吧?酸酸的。"

阿妈伸长手臂,从桌子旁边的腌菜罐子里给我们姐妹俩各自夹了一筷子酸萝卜丝腌菜。"不要紧的,把腌菜拌进去就吃不出来了,真的可以吃。"

我很信任她，把饭菜拌均匀，吃得干干净净。

阿妈一直都不舍得倒剩菜，在她的概念里，有两条不变的法则：一，任何食物只要加热过了就没有任何问题；二，冰箱是可以永恒保鲜的。当然了，第二条是近年来有冰箱之后的事，在此之前，她一直严格地遵循着第一条守则来对待食物。

发霉的剩菜？不要紧，把表面上的一层灰绿色物质铲掉，回锅加热一下，又可以吃了。汤酸了？不要紧，热一下就好。苍蝇在肉上产了卵？不要紧，把卵刮掉，炒一下就好了。吃剩下的米粉米线搁稀了？不要紧，放点儿酸腌菜加点儿水热一下就可以吃了。掉在地上？被猫咬过？吃席带回来的杂菜馊掉了？不要紧不要紧，通通不要紧，阿妈的加热是万能的，只要阿妈加热过，就一定不会有事。

最要命的是上山干活儿的时候，如果蒸了新鲜米饭，我们兴许还能得到一个饭团，如若不然，就是米饭加酸菜，包在塑料袋里，或装在铝饭盒中。没吃完的饭，阿妈会在地旁边随便找一棵树挂起来，第二天下地再继续接着吃。

正因如此，阿爸做饭的时候，我和姐姐就会疯了一样地吃饭，哪怕只是辣椒面拌萝卜苔，也能下两碗米饭。阿爸一直都知道阿妈不太会做饭，所以每每离家之前都会提前做好一些易于保存的食物，大概是两三顿的量，但阿妈总是可以把这些食物的供给时间扩展成两三天，甚至一周。她有一个万能开水法。

母女三人围坐桌前，面前各自一个大洋瓷碗，盛上米饭，夹一筷子阿爸留下的菜盖上去，开水一冲，就算一顿饭了。如果剩饭剩菜都吃完了，阿爸还是没有回来，她就会烤两条食指大小的咸鱼，再双手合十，把咸鱼搓成粉末，拌在米饭里，开水一冲，完事。

咸鱼是很珍贵的食材，阿妈觉得咸鱼可以让人健康，不到万不得已，她不会拿出来。不仅如此，阿妈还十分迷信稀有的"食物"一定可以补身体。

放牛回家，看到阿妈端上来一盆肉，没有加土豆，没有加萝卜，没有加白菜，是一盆真正的肉，这可把我们惊喜坏了。阿妈说："妹妹吃，快点儿吃，吃完。"

我刚吃了几块，鼻血就毫无征兆地流出来，速度之快，我还没来得及抬手去擦，就流进了米饭里。我自己吓坏了，只以为是之前几次被她揍出鼻血，所以才变得容易流鼻血，心一寒：完了，后遗症了。

阿妈也吓到了，她认为是那玩意儿"太补了"，一下子夺过我的碗筷："别吃了别吃了。"然后端起盆子叫着狗出去了。

我是过了很久很久听别人说，才知道我吃的是胎盘。

我当场就吐了，接连吐了好几天，吐得原本就消瘦的身子愈发单薄。阿爸回家之后，只当我是肠胃炎了，又不得不带我去看医生。我看着阿妈一副惊恐的样子，便没有把这事说出来。

自那以后，她就收敛了许多，什么四脚蛇、脆蛇也不再给我弄了，只继续剩菜加热、开水泡饭、烤咸鱼。

小学食堂里只有两个菜，一个是清水煮圆白菜，另一个是肥肉煮圆白菜。即便如此，我也觉得在学校吃饭比在家里安心多了——至少打饭的大师傅不会对我说："不要紧不要紧，真的可以吃。"

宝塔糖、桉树汤和毒翻全家的马屁泡

在山村的生活,历来是吃生水,加上阿妈狂野的烹饪方式,我和姐姐实在很难不长虫。

尤其是我,肚子里疼得跟被刀绞似的。有一回解大便时,一条虫子从屁眼子里钻了出来,旱厕门口的大公鸡眼明嘴快,一下子啄了上来,吃掉了虫子,也啄破了我的屁眼子,我疼得哇哇叫,捂着屁股冲回家。

赶集的时候,阿爸就带着我和姐姐到了集上的诊所——村子里的赤脚医生没有打虫药,只有这里有。

医生是个中年男人,两个眼珠各朝一边,以至于他对我讲话的时候,我还以为他在和我旁边的人说话:"肚子疼了多久了?"

没人回答。

"哎,小孩,肚子疼了多久了?"

我还是没反应过来。

姐姐一拳打在我背上："回话！"

我用不熟练的汉话回答："从生下来就在疼了。"

诊所里的人大笑起来。我不知道这有什么好笑的，肚子疼的感觉确实从记事起就一直伴随着我，我说的是实话啊。

医生意识到他的眼睛让我产生了困惑，于是歪着头看着我，这一次我们的眼神总算是对上了。"过来，让我按一下肚子。"

我有点儿害怕，躲在阿爸身后。姐姐把我拎出来，医生朝我肚子上一按，痛死了！

我的屁眼子一痒一痒的，我又想到那条虫子和鸡的喙，不觉感到一阵疼痛，当即想跑。医生像是有预测未来的能力，一把拽住我的胳膊："不打针，吃点儿糖就好了。"

他用塑料直尺，从一张信笺纸上撕了一个小方块，拿了几颗宝塔糖放在里头："两孩子一人两颗。"

结果那四颗糖，偏偏是三颗粉色，一颗黄色。

我和姐姐因为谁吃那颗黄色的糖而狠狠打了一架，直到阿爸烦得把几颗糖都捣碎了，捣成粉末，给我们一人分了一半。

好在宝塔糖是有效的，我接连拉了几天虫子之后，肚子终于轻松了。那之后差不多一年的时间里,我可谓食欲大开,食堂打饭的时候我都在渴望大师傅给我多打一点儿,回家吃开水泡饭也更起劲儿了。我抓住一切吃东西的可能,只要阿妈说了"不要紧"的东西就往嘴里塞……可惜属于我的好日子没过多久,"非典"来了。

学校里不知道是谁拿的主意,或者是哪里提的要求,总之,食堂给全校师生熬了大锅药。说是大锅药,其实只有桉树叶而已。

桉树叶也可以熬成药来喝吗?我们也不知道。老师让我们把打饭时的搪瓷口缸带到教室,大师傅和老师们就挨个往口缸里舀药。那药黑乎乎的,味道腥臭,就像肥皂水里泡了死老鼠,我们都不想喝,很多同学都把药含在嘴里,不吞下去。可老师会检查嘴巴,不仅要"啊"给她看,还得蹦两下,确认已经喝下去了。

没两天,这个消息就传到了各个村庄里,村里也熬起了桉树叶。我在学校里喝了几轮,回村子里又喝了几轮,喝得我尿尿都是死老鼠的味道。

也因为这个桉树叶,我和姐姐都食欲不振。

有一天下午,我和姐姐,还有表哥表妹放牛时,从野外搞回一筐子马屁泡(一种野生菌,学名马勃)。大人不在家,表哥跑回自己家里,端来一小份猪油,又切了大蒜、二荆条……就在这时候阿妈回来了，没想到我们竟有本事采到这么多鲜嫩的马屁泡，于是叫来了舅妈。舅妈知道阿妈的厨艺是什么水平，她不想浪费这菌子，于是去自家厨房切了半个拳头大小的一块肉，亲自掌勺。

终于吃了一顿饱饭！

到了半夜，事情开始往离谱的方向发展起来。先是姐姐吐了，吐完之后一直说胡话，阿妈拉亮灯，想查看姐姐的情况，结果一个起身，她自己也吐了，迎面吐在姐姐身上。我其实没什么不舒服的，但是看到她们在吐，我也犯恶心，于是也吐在了床上。

我们吐了好一会儿，阿妈才意识到可能是菌子中毒，怕把舅妈三口毒死了，一路吐，一路往舅妈家里去。姐姐也许心里害怕，情况稳定一点儿之后约我一起去找她们。我们蹚着夜色到达舅妈家里时，舅妈和表哥正吐到高点，只有表妹抱着被子，一脸茫然地站在天井边，任阿妈怎么抠她的喉咙，她也没能吐出来一点儿。

一家人一直折腾到天光亮才消停。都缓过劲儿以后，阿妈才问："哪儿采的马屁泡？"

姐姐答："放牛田（一个地名）那边。"

"桉树下吗？"

我们点点头。

阿妈苦笑着拍起腿来："我就说捡菌子的人一轮接

一轮，怎么偏偏让你们捡了便宜，原来是从放牛田拿回来的！"

也就是那一天，我才知道桉树下的菌子吃不得，可又不禁困惑：桉树叶子煮水都喝得，桉树下的菌子为何吃不得？阿妈没有给我一个科学的说法，只告诉我祖祖辈辈都是这样说的："桉树下的菌子毒死牛。"

没想到啊，最严重的一次食物中毒不是因为阿妈，不是因为桉树叶汤药，而是栽在了自己手里。

"良医"

很多时候,病痛或意外受伤发生时,我们没有机会去寻求医生的帮助。在长久的农耕经验中,老人们发现了一些也许真的有用,又也许只是巧合的自我治疗方法,这些方法一代一代传下来。

例如野生菌中毒,最直接的方法就是催吐。抠喉咙不管用的时候,就得用上"以毒攻毒"的方法——生嚼动物的苦胆,大多数时候是蛇的苦胆。

有的蛇在和人类狭路相逢时会惊诧到忘记动弹,它的苦胆就会被取下来,晾在灶房里,以备食物中毒的时候用来催吐。

再就是吃更恶心的东西:家禽牲畜的粪便,兑成水一饮而尽。很多时候,根本无需喝进去,只需端到嘴边,一想到为了解毒,要吃屎,人就自然而然地呕吐了。

自然了,这办法不是总有用处,如果一个人因为食物中毒之后再食用蛇胆,却依旧死掉了,那就很难说清楚究竟是哪一样要了他的性命。这事就像神棍预测生男生女,总是各有一半的概率。

我亲眼看到过许多吃蛇胆的人,几乎都是男人。女人鲜少敢于食用蛇胆,女人的食谱没有男人的那么复杂。

印象最深刻的一次,是一个长花癣的男人,不知从哪里得来的偏方,说是吃了蛤蟆能治。谁知不仅没治好,还一病不起。他的老父亲到田间搜寻了许多天,又花了很多工夫,终于找回来一条蛇。

很多人聚集在他家,看他用蛇胆救儿子。大人教给过我们辨别毒蛇的方法,那蛇的花色叫我起鸡皮疙瘩,一看就很毒。只见他父亲把蛇捏在手里,用小刀在蛇腹切开一个小口,蛇剧烈地扭动着,他一下子挤住划开的蛇腹,蛇胆就"刺溜"一下滑出来。他把蛇一扔,用水把蛇胆送进了儿子嘴里。

我和姐姐都吓坏了,我们快快地退出他家的房门。没了蛇胆的蛇在地上扭动,依旧企图逃生,另一个男的一脚踩在蛇尾巴上,蛇想要转身缠住他,却没有得逞,倒是被他拎起来猛甩几次之后,软绵绵地死掉了。

旁人说:"肉恐怕不兴吃,太毒了。"

他拿着蛇:"毒都在胆里了。"

说完拎着蛇回家去了。

吃蛇肉的人的确没有死，吃蛇胆的却还是死了。

依照传统，逝者年不满三十，不能办白事，也不能立碑，他的老父亲把他埋在玉米地旁边。

这一切发生得如此草率，但又很平常。村里人的生命就是这样的，出生的时候没有庆祝，死去时也不会有太多悲伤。

自然了，生命如此之轻，疤痕、后遗症这类由伤害产生的结果，也就不那么重要了。每一次被农用器具弄伤，我们也都处理得很是简易。

我最驾驭不了的就是镰刀，经常被镰刀割伤。阿妈每一次都会在田间寻找一些能用上的植物，有的时候是青蒿，有的时候是解放草。她会把这些植物的叶子用刀把碾碎，有时候吐两口口水，弄成糊糊之后敷在我的伤口上。有时在耕作的田地边没有这两种植物，她就拿两片大大的叶子盖在伤口上，再用草把叶子扎起来。

她自己受伤时也是如此处理的。有一回，她在山上砍柴时，被柴刀砍到膝盖，伤口深至见骨，血流如注。森林里没有青蒿和解放草，她用柴刀割了一条藤，把叶子扯下来覆盖在伤口上，再把藤撕成细条，搓成绳，拴在伤口两端。

即便如此，血还是流了很久。我心里害怕，但一滴眼泪都流不出来。阿妈不说话，只是靠在树上闭着眼睛休息。我憋着一口气钻出林子，撒丫子往山下的田地里跑，找回青蒿，学着阿妈的样子为她处理伤口。也不知道过了多久，血才终于不流了。我松了一口气，因为自己做了一件有用的事，先前的慌乱也渐渐平息下来。

阿妈的膝盖上留下一道长长的伤疤，像膝盖长了一张嘴。阿妈看起来并不在意这道伤痕，也没有因此对柴刀产生畏惧，她还是一样地去砍柴。

除了青蒿和解放草，有一类蜘蛛在屋里制作的茧，也许是育儿袋——我至今不知道应该怎么称呼那物质——是很好的止血材料，一般用来对付稍小一些的伤口。

劈柴、做饭、切猪食……都会受伤，尤其是切蓼草的时候，我很容易切到手。蓼草的花儿那么美丽，根茎却十分光滑，刀子一偏，指节就会见红。这时，只需跑到阁楼上，寻找蜘蛛的礼物，把它从墙上或木板上揭下来敷住伤口，很快就能止血。它十分柔软，完美地贴合手指的形状，并且还防水，不耽误继续干活儿。

除了这些，长辈教的"医学知识"还有许多，寨子里的每个小孩都习得了这一套方法，并年复一年地付诸实践。如蛇胆一般，它们并不总是见效，有些还笨拙、野蛮，令人啼笑皆非，甚至会夺走生命，但在危急时刻，我们至少可以拿出一个方案。

有途径可寻求，总是好过举头四顾，茫然失措。至少对幼年的我而言，掌握这些蛮荒的自救技巧，在很大程度上增加了面对未知的信心。生活用刀割过来时，我不是什么也做不了，对吗？

也许是吧。

第二章

从村寨到城市

红果园和松子园

想到红果园就想到念小学时,周末回家时总从那里走近路,红果红得不得了,结得树都吃力了,好多树枝被果子坠得压在地上。没有人去摘里面的红果,树底下都是一个一个的小包包。

学校里面很多女孩都是矿工的孩子。矿工在学校几公里外的山里采矿,我们就在矿区宿舍的一楼借地方上课。土木结构的三层楼房,一楼永远昏暗、潮湿、发臭。

矿上时不时就会出事,断了手脚的工人没有人能做主抬去医院,就会放在二楼。有几堂课上,楼板缝隙里会一滴一滴滴下来红褐色的血,掉在同学的课本上。有一回有蛆掉在我的课本上,我用铅笔挑开没有管它,后来说是外地的矿工死掉了。

本地矿工如果有家人去闹,大约会赔付几百元到一万元不等。外地的矿工从无人问,大多埋在一个叫"松子园"的地方。其实园子里种的都是梨树,也没有像红果园一样明显的小包包,有一片草地长得乖巧,又平坦又不扎屁股,我们常常去那边玩丢手绢。

松子园虽然埋了人,一眼看上去却没有红果园那样阴森,因为梨树长得比红果树高得多,太阳出来的时候,阳光就能穿过梨树的树干和枝丫照到草地上。

梨花盛开的季节,松子园的梨树就跟比赛似的,一棵开得比一棵繁茂,风一吹过,花瓣朝着同一个方向肆意飞舞,像雪一样美丽,又没有下雪天的寒冷,我和姐姐很爱看那个场景。我们时常会从学校公共厕所后面的狗洞钻出去,抄近路到达松子园,站在梨树下看梨花漫天。

有一回,姐姐问我:"如果现在你能在花瓣里面变成一个神仙,你想做什么神仙?"我想也没想,直接喊道:"孙悟空!"

姐姐鄙夷地看了我一眼,似乎感觉和我这样的小屁孩无法沟通。她抬头看着梨花,憧憬地说:"我想做何仙姑。""什么何仙姑?"姐姐没再搭理我,我记住了她想做何仙姑,于是在她写暑假作业,写到"我的梦想"时,我在一边大叫:"你骗人,你想做何仙姑,现在又说想当大老板,你说谎话。"气得她拿起扫帚就追着我打。当时我并不明白自己为什么挨打,还觉得分外委屈,因为这件事怨恨了她一段时间,也不愿意再和她一起去松子园看梨花。

没想到没过几年,大家都没法去松子园看梨花了。那里埋了一个死去的警察,大人们用围栏圈起了松子园,不再让人进去。

死去的警察外号叫老铁牛,他在公共厕所拉屎的时候,坏人往里头扔了一颗土炸弹,老铁牛就被炸死了。这件事里头的前因后果我全然不明白,记得这件事也只是因为老铁牛下葬之前一周,全校的学生都在叠小白花。老师在讲台上教,我们在座位上叠,每个人要交十朵。

我问阿爸:"为什么要叠小白花?"阿爸告诉我,因为汉族学校附近的四五个村子要一起给老铁牛办追悼会。我的心里十分明确地难过起来,那么多的人为他办追悼会,老铁牛一定是一个很好的人。

追悼会的当天,我站在人群中间,胸前别着自己做的小白花——我自己用一条白绳子把别针和衣服拴在了一起,因为老师说追悼会结束以后别针要交回她手里。那天是一个阴雨天,地上湿漉漉的,追悼会在赶集的场子上举行,一个秃顶的老头拿着一个时响时不响的话筒,讲述着老铁牛生前的事迹。

我的目光顺着老头,看到站在他身后的一对母女,很快意识到了那就是老铁牛的妻子和女儿。他的女儿看起来只比我大一些些，她穿着一条黑色的连衣裙，胸口也别着小白花，手臂上套了一块黑色的布。

几乎从仪式开始时，她就一直在哭，我看着她的肩膀一抽一抽的，觉得自己的心也跟着疼了，于是也哭了起来。我一哭，旁边的同学似乎也被感染了，顿时，由我们那一列为中心的学生中，哭泣声逐渐蔓延开来。到了最后，学校的老师们也抹起眼泪来。

知道老铁牛埋在那里之后，我们就再也不去了，总觉得松子园变成了一个悲伤的地方，梨花也变得格外凄凉。

冷冷清清的松子园一直到老铁牛埋葬了一年之后才重新热闹起来，此番热闹却不是因为大家重新去赏梨花或者丢手绢，而是因为一个杀人犯。

星期五放学的时候看到学校门口许多男男女女在朝松子园的方向走，我姐拉着我也跟上了队伍。到了松子园，我们爬到树上，看到人群中间有一个长头发、白衬衣的人被拴牛绳绑着，跪在地上。

我刚爬到树杈上坐好的时候，就看到拿木棒的人一棒子打在长发男人的头上，吓得我紧紧闭上眼睛。我姐紧紧抱着树干，她的眼神里也充满了恐惧。那会儿她的汉话水平比我高一些，她清楚地听见了人群中的讨论，用彝话告诉我："他用刀把别人的脖子割开了！"我觉得手脚软绵绵的,一时没抱好,差点儿从树上滑下去。

我们都没敢再看人们惩治那个凶徒。我和姐姐面对面手拉手,围抱着树干,直到一辆面包车开到人群中间,几个警察下来,把奄奄一息的长发男人带走。

人群过了很久很久才慢慢散去,我们谁也没作声,从树上慢慢爬下来,一前一后走回家里。

那天,叔叔也从学校回家了,我睡在他和姐姐的中间。夜里,姐姐在梦中大哭起来,叔叔拉亮电灯,阿爸阿妈听到动静也到我们身边来。

他们摇了姐姐很久,她才醒来。

"我做噩梦了。"姐姐哭着说。

我知道她梦到了什么,忍不住也哭起来。在父母的询问中,我们才断断续续说了在松子园看见的事。

阿爸把我抱起来,让叔叔一个人到他们的床铺上去睡,他和阿妈一人一边,把我们夹在中间。

"松子园不准再去了,"阿爸在黑暗中嘱咐,"看到一群汉族人在一起的时候,不要去看热闹,那是大人的事。"

我们啜泣着答应。

但是这件事并没有结束,就在新的一周开学时,学校的教师宿舍楼下面围了一圈人,有学生也有老师,我和姐姐吸取教训，不敢再上前去，可又忍不住好奇。我们互相监督着，不让对方上前去。没一会儿，就看到校长带着一位姓陶的青年男老师从教师宿舍楼跑下来，他对着人群喊："手指呢？手指呢？谁捡到了？"

一个高年级的男生像英雄一般，高高地举着一截断指，骄傲地喊："在我这里！我捡到了！"

校长徒手接过断指，拉着陶老师上了他的摩托车。

等到他们都走后，两个年长的女老师才扶着一个哭哭啼啼的年轻女人下楼来。

我认识那个年轻女人，她到我们学校才不过一周左右，很年轻，很漂亮，很白净。不过她不教我们班，我只知道她来自很远的地方。

她面色发白，整个人都在颤抖。女老师们扶着她，走出了校门。

我很想搞清楚究竟发生了什么事，课间休息和做值日的时候就往老师旁边去偷听，终于听到了一点儿相关的"情报"。据说是陶老师要和新老师好，新老师没答应，陶老师就用新老师的菜刀把自己的手指剁了下来。

"求爱"在我的印象中，是一件隐晦、神秘的事，第一次听到如此可怕的求爱故事，我可吓得不轻。

我去找姐姐，告诉她我听到的传言，姐姐严厉地告诫我:"你不要去和别人乱说,阿爸说了不要瞎打听。你把这件事忘记。"

"可是我已经记住了。"

姐姐看起来也很为难,她想了好一会儿,撕下一页用过的作业纸:"你写在纸上,我们拿去埋掉,你就忘记了。"

我很信服姐姐的话,于是把事情写在那张作业纸边缘的空白处,不会写的字就用拼音代替,写好以后姐姐仔细检查了一遍。

我们思考了半天,觉得最稳妥的地点就是松子园,埋在松子园,肯定不会被人发现。

姐姐带着我,到松子园围栏边,用棍子在围栏下挖了一个洞。她用写满秘密的作业纸擦了几下我的脑袋,撕碎以后放进洞里埋起来,最后还用脚踩了几下。

回学校的路上,她问我:"你还记得吗?"

我不敢说还记得,于是用力摇摇头。

从那之后,我们就再也没有去过松子园了。

童年的死亡

小的时候我对人类死亡的定义很浅,觉得死去就是死去而已,就像鸡下蛋、牛吃草、天下雨、水流进水里一样自然。

人生中第一次有记忆地接触人类的死亡,大约两岁。想来有些怪异,我从一岁多快两岁的年纪就可以记事了,很多事情直到现在还记得。

我的爷爷奶奶去世得很早,阿爸阿妈都觉得我应该对他们没有任何记忆了,实际上我能清楚地记得一岁多的时候爷爷背着我,从火塘的左边挪到右边,好让烟子不要熏到我。这个挪动的过程中,他的身体生理性地颤颤巍巍。

他因为被打成"坏分子"而跳过一次楼,所以腿脚伸不直了。那时阿爸作为家里的老大担起了养家重任。叔叔们都不上学了,在家里挣工分,好养活所有人。

爷爷第二次决意跳楼时我两岁,那时他已经完全动不了了，家里一贫如洗。在一个下着小雨的傍晚，他爬到原来属于他、后来划成了集体财产的瓦房上一跃而下，结束了这一生。

阿爸埋掉爷爷，决定供我最小的五叔继续上学。

说起来有些戏剧化，我们家破败的小土房就紧紧挨着那幢大瓦房，那幢瓦房里后来搬进了另外几家人，其中一家里有位女老人，年纪很大了，不过由于辈分的原因，我要叫她作婶婶，她孙女比我大许多，但要叫我姨。

她总是来我家蹭烟抽，那时候我父亲很爱抽水烟筒，她便每日午后来我家门前坐着，边蹭阿爸的水烟筒边晒太阳。有时候也会撩起衣服来捉虱子，两只已经干枯的乳房毫无生机地挂在胸前，腋下有些因为长久不洗澡而留下的斑驳印记。

但是她眼神很不错，跳动的虱子那么难抓，她也能一下子用两个手指抓住。捉到以后，两只手的拇指指甲盖合并用力，挤破虱子的躯干，发出"噼"的一声，她会把挤破的虱子丢进火塘，发出"噼噼啪啪"的声响，而后把指甲盖放在裤子上擦一擦，继续抽烟。

不过只有没有大人在场的时候，她才坦然这样做。我的观察丝毫没有影响到她。

她还时常吃头痛粉，不过好像并不是因为头痛才吃，而是一种习惯，就像喝下午茶。每当闲下来不抽烟也不抓虱子，她就会拿头痛粉出来吃。

有时候她会使唤我，我就帮她把绿色的头痛粉封皮轻轻剥开，剩下白色纸张里那些白白的粉末。有的时候，她接过我打开的头痛粉之后，只用舌头沾一点点，轻轻回味；有的时候，她会把一整包粉末倒进嘴里，而后闭上眼睛靠在柱子上，左右来回抿嘴。

每次她来，必定是十点多十一点左右的光景，太阳正大，她并不觉得热。毒辣的紫外线直接射着她的脸和身体，老人一动不动，不知是享受，还是忍受着那段时光。

偶尔，她也会和我父亲索要钞票买头痛粉，尽管算不上什么正经亲戚，我父亲偶尔还是会给她钱，也每次都劝："老人，你不要吃这个，这个对身体不好。"

果然，她死了。

人们并不知道她死了，我和姐姐也只是觉得她很久没来我家了。

我们两家的阁楼相连，有一天姐姐和我去阁楼拿东西，闻到一阵奇臭无比的气味，腻腻的。姐姐喊："阿妈，阁楼上好臭。"阿妈跑上来，仔细闻了闻，之后立刻把我们赶下了楼。

后来听说，老人的子女把她放在正厅足足半个月，才草草下葬。

那时我并不觉得害怕，也不觉得恶心，只是觉得这个老人以后不会再来我家了，但也并不觉得窃喜或失落。

上小学以后，接触死亡就多了起来，不过多数仅限于"听说"。听说小学同学的阿爸凌晨砍柴被滑下来的木头砸死了，听说一个警察叔叔被炸药炸死了，听说一个大伯被猎枪打死了，听说矿山塌方两个工人被埋死了，听说同学的舅舅修车的时候千斤顶没顶好被卡车压死了，听说邻村有人跌进煮热汤的锅里了。这些听说的死法多种多样犹在眼前，渐渐让我对死亡生出了许多恐惧。

在那之后漫长的学生时代，我都尽量避开这样的消息来源。但我还是不可预知地经历了外婆的死亡。

很多年里，我都不愿意讲起这件事情。外婆的死在我心中留下了深深的阴影，直至现在。

那个下午，久病在床的外婆突然说想要吃蛋炒饭，那时候正值我寒假，已经照顾了她老人家一个多月，听到她说想吃饭，把我高兴坏了，赶紧做了端去喂她。很意外，那天外婆竟提出来要下床晒太阳，我又扶着她去晒太阳，她让我把头埋在她的双膝，和我讲我表哥和舅舅小时候的故事。后来她说她累了，要午睡，我给她换了一件新的外衣，扶她进去房间午睡，然后自己守在屋外看书。

不知过了多久,我听到房间内有响动,想必是外婆要解手,便去开门,但是门却反锁了。外婆说:"我要解手,你别进来,我害羞。"声音异常洪亮。如果我知道那是什么征兆,一定会去喊大人来开门,但是我没有,我取笑她"害羞什么嘛"。

又过了半个小时,房间里什么动静都没有了。我问:"外婆你好了没有?""你好了吗?开门给我,我要进来了。""外婆?"

一种害怕的感觉瞬间涌上我的心头。我把书扔在身后,飞快地去打电话给舅舅和阿妈。最先回来的是阿妈,还有陪着她的阿爸,他们都从外地直接回来,阿爸用椅子垫着从小窗往里看,然后回头和我说:"妹妹你先回家。"

我便知道外婆没有了。

之后的细节已经记不清楚,睡了两天,失忆了两天。第三天开始,灵堂前三大姑四大姨都见缝插针地围着我,流着眼泪问我外婆弥留之际和我说了什么。我每回答一句,她们便相拥着唏嘘一阵,最后再以"阿妈(阿婶)走得好孤独,都无人守候在身旁独自离去了"作为谈话的结束。

外婆确实死得十分孤独,和二〇二四年上映的电影《姥姥的外孙》中的故事一样,外婆把所有牵挂和渴望都留给了儿子和孙子,也就是我的舅舅和表哥。寸步不离照顾了她两个多月的我没能给她带去任何慰藉,直到死之前那一天,她都在等待表哥回家看她,最终也没有等到。

她心爱的孙子,等她死后才出现在灵堂,跪地缅怀。

这样的缅怀让我心生厌倦,我退出了屋子。直到帮外婆头七守夜那晚我才再次去了灵堂。

那是大年三十的夜晚,阿妈独自一人坐在棺旁唱着挽歌:"阿妈拿哈哈叶了,拿塔杷棱,阿霍仰曾哦,拿左么失失怕顾……"意思是"阿妈你行行好啊,留在女儿身边吧,雨太大啦,我怕你找不到家……"。

那天夜里大雨瓢泼、电闪雷鸣,停电,我独自蜷缩在小屋的阁楼里,看着窗子外面忽明忽暗,梦见死去的外公要掐死我,梦见邻居老人和我讨要头痛粉,梦见我的狗撕咬我的下巴,梦见一件蓑衣上雨水滴滴答答、滴滴答答落下,树林里窸窸窣窣,镰刀和稻谷堆在一起,麦子一片一片地倒下。一夜大汗淋漓。

我问阿爸,外婆死掉是因为我吗?那时候的阿爸还没有成熟到可以教会我什么是死亡,他被我问住了,只是摸摸我的背安慰我。之后的事情我全都忘记了,包括外婆是如何下葬的,后来发生了什么,怎么回学校的,已经完全不记得了。

长大以后我成了一名记者,跟了法制组三年,民生组五年,官网编辑一年,见过的死法多种多样——被斧头砍死的,被火烧死的,被石头砸死的,被车轧死的,被泥石流土方埋死的,被水淹死的,吸毒死的,跳楼死的,喝农药死的。

死亡又一次变成了水流进水中,仿佛他们从来没有活过。

奇怪的同桌

《童年的死亡》中提到的,同学的阿爸凌晨砍柴时,被滑下来的木头砸死了。这件事发生之后,他差不多两周没来上学。等回到学校,他瘦了一大圈,头发也剃成了接近光头的短寸,整个人像一块皱巴巴的抹布。

那一天,老师把他调来和我坐在一起,我心里十分抗拒,一方面因为他是男生,一方面因为他是汉族。我的汉话讲得很差,不敢开口和他说话。他也沉默寡言,我们在一起坐了一整年都没怎么讲过话。

直到有一天放学轮到我们打扫卫生,教室里只有他和我,我们还是没怎么交流。放好卫生工具准备离开时,他突然叫住我,从包里拿出来一束小黄花。我不明白他是什么意思,红着脸问:"你要叫我拿给谁?"

"这是给你的。"他也红着脸说。我不敢接,连连摆手。他把花放在我的书包里,说出了一番有些匪夷所思的话语:"这是我爸坟头上开的花,我觉得挺好看的,拿来送给你。"

我吓坏了,下意识想把花拿出来,可又觉得拿出来有些无情。他看到我略显仓皇的样子,解释道:"我不读了,谢谢你这一年一直帮助我。"说完之后就跑走了。

他辍学了,辍学之后跟着他们村子的男青年一起到外地跑大车,似乎直到我去读大学了他还在跑大车。几年之后,他带着跑大车挣来的钱回到了村子里,开了一个小卖部,娶了老婆,生了孩子。

他走了以后,我的同桌变成了一个原本在彝族学校的时候就认识的女孩子,比我大很多岁,因为一直没有达到可以转去汉族学校学习的标准,所以反反复复地留级学汉话。她长得很美丽,高高的鼻梁,深邃的眼眶,眉毛、睫毛皆是根根分明。

我们做了一年同桌,其间她比我的上一任同桌还要话少,她严格地遵守着老师制定的学习纪律,我几乎没有在教室里听到过她说话。正值我们换了一位新老师,她或许是觉得两个不爱说话的彝族孩子坐在一起不利于学习,于是把我们分开了,各自分配了一个汉族同桌。

也就是那个学期的一堂课上,她的下身突然流血了,不知所措地趴在桌子上哭。男生大叫着说她要死了,女生则恐慌不已，当时上课的男老师当然知道是怎么回事，但是他看起来也不知道该怎么处理这件事，于是对她说："你回家吧。"然后使唤她的同桌送她回去。

我记得她久久没有起身，一直到老师反复催促了好几遍，她才哭着站起来。我们都看到她的裤裆上一片红色，椅子上也是一片红色。她的同桌把自己的衣服围在她的腰上，这让她更窘迫了。她连书包都没拿，哭哭啼啼地跑出了教室。

关于她的各种流言蜚语马上就传遍了学校。性教育的缺失使得小学男生对女同学的月经十分"重视"，他们编造了各种关于她的事情，把自己在各种机会下偷看到的两性内容编派在她的身上……

她没有继续读书、参加小学升初中的考试，而是直接退学了。她退学以后，与她同村的同学把她的婚讯带到了学校里。

之后，班上又有两个女生先后退了学。老师再次打乱了座位，我的同桌变成了一个男生。

这个男生和之前的同桌都不太一样，他非常喜欢说话，老师在上头讲，他就在下面对着我的耳朵讲，讲的大多数是他爸在家给人算命的事。我觉得挺有意思的，也喜欢听，我说我只见过我们彝族的贝玛跳神，没见过汉族的。他突然骄傲起来，并承诺一定会让我看看汉族跳神是什么样。我认为他在说假话，毕竟别人欺负我的时候，他也参与了，直到有一回他真的把他爸平时算命、跳神用的一应用具带过来，在一堂自然课上为我表演了所谓的"神迹"，他的仪式没有做完，东西就被老师没收了，这可把他气得不轻，他觉得东西被没收了我至少要担一半的责任，于是第二天上课之前，他吃掉了我的作业。

是真的吃掉了，一页页撕下来塞进嘴里咽下去那种吃。

最终，交不上作业的我和他都被叫到教室门口罚站，我心里委屈，噙着眼泪想哭。他低声对我说："以后我不写作业你就不准写，你写了我也会吃掉。"

那时候的老师是一个年轻的女老师，时常穿着一双白色的矮跟皮鞋，听说她是从城里来的，普通话说得既标准又洪亮，上课也很严格，我们都很怕她。

我记不清老师骂我们什么了，只记得我为自己辩解，不是没写作业，是被他给吃了，老师不相信这么荒唐的理由，认为我在说谎，她揪起我的耳朵使劲拧了两圈，几乎要把我整个人拎起来。老师放手以后，一阵火辣辣的痛从耳朵上传来，我摸了摸耳朵，我的同桌笑着说道："老师把你的耳朵撕开了！"

我想哭又不敢，真不知道他怎么还敢继续说话。好在因为他的顽劣，老师的火气都转移到了他的身上，当场要他背诵乘法口诀，他只能背到三三得九，后头的就不行了。老师看起来更生气了："十二三岁的人了，乘法口诀还背不了，从今天开始，教室的卫生你一个人打扫，别的同学不准帮他，什么时候能背完，什么时候恢复轮流值日。"

我以为他会抓紧学习，争取尽早摆脱惩罚，没想到接下来的一年多时间里，他宁愿一直一个人值日，也没有去背乘法口诀。

其余的同学只需打扫公共卫生，不用再值日打扫教室，都很感谢他，他就是乐呵呵地笑，什么也不说。

他没有继续读初中，即便是汉族学校，小学毕业以后继续读初中的同学也只有一半左右，其余的人从毕业以后就彻底消失在了我的生活里。

干不完的农活儿

农活儿永远干不完。

等我意识到这一点的时候,已经来不及了,我已经长到了可以干农活儿的年纪。侍弄田野不再是我和世界之间的游戏,它成了生计。

每年天气最冷的时候,以为推完了萝卜可以好好过年休息休息,实则年初二就得抓紧时间翻地了,翻地、犁地、耙地,地处理完了,又得割埂草,同时还得去点烟籽、育烟苗,以为静静等着烟苗长大就可以了,没想到这期间必须尽快尽好地把栽烟的地打整好,拢出土畦,撒上粪肥养着,过段时间再把畦加工成垄。把烟苗种下去之后就是漫长而精细的管理过程:盖薄膜、打药、灭虫害、去除薄膜、除草、封顶……其中每一道工序都需要耗费不少时间,每一棵植株都要照顾到,然后把这个单位劳动时长乘以数千倍乃至万倍,种植过程才算结束。

之后的活计才是更重的:去山上找烤烟用的木材,背回家,打理烤烟房,采摘烟叶,整齐地编织在烤烟杆上,一挂挂送进烤烟房,日夜不停歇地守着烤烟房的火炉照顾火苗,控制温度。数天的烘烤过后,把烤好的烟叶小心地取出来,一挂挂储存到阁楼上,一片片取下来,依次捋平,按照等级分类,捆绑好,保存在阴凉干燥的地方,之后再统一运去烟草站。

种过烟之后的土地,处理起来比种萝卜的地要麻烦得多,光是把根从土里刨出来就要费很大的工夫。和人一样高的植株被一棵棵拔除,又是新一轮的翻地、耕地、耙地。

种烟在云南农村来说算一件比较重要的农务,所以每当把地伺候完,我们全家人都会觉得松了一口气。这口气也松不了多大会儿,圆白菜该种下去了。

又是把土地拢成畦,挖出小坑,撒上羊粪肥和尿素,一株一株把买来或者自己培育的圆白菜苗放进去,培土,浇水……

好在圆白菜不算太金贵,不需要跟烟草那般精心伺候,不过这是天公作美风调雨顺的前提下,如果没有雨水,就得隔三岔五地去浇水。

这边圆白菜长着,另一边就该种露水草或者四季豆了,要不就是荷兰豆,工序都大差不差:作垄,种植,豆类要多一个搭架子的步骤，所以得到山上去找合适的竹竿或木杆，也是相当费事。

这一波收成结束之后，土地没什么休息时间，人也一样，又是耕地、犁地、耙地……种萝卜并非把萝卜籽撒下去就可以，在那之前得先晒粪肥。

羊粪最佳，混合牛粪、鸡粪，再加点儿氮肥，也有的人家直接加复合肥，晾晒数日过后，打散，装袋，扛到地里。

之后需要三个人配合，一个人挖沟，一个人撒粪肥，一个人撒萝卜籽。每个萝卜坑之间的距离要均匀，粪肥不宜多也不宜少，萝卜籽要控制在三粒之内，且不可以直接接触到粪肥——会被齁死。

为了避免萝卜籽被齁死，也有的人家是等萝卜长出来之后再追肥，成千上万株萝卜苗，得弯着腰一株一株施肥，对萝卜好，可太过费人了。

萝卜长大之前，要锄草、间苗，不下雨就得浇水，雨太多又得开渠。到了中秋之后，萝卜大了，家家户户扛上播种的桩子，依次钉在田埂上，扯上尼龙绳子，就是晾架。然后就可以开始推萝卜条了。

孩子那样高的萝卜，拔出来之后去头去尾、洗去泥土，放在竹筐里挑到晾架脚下，用构造简单的器械，交叉分割两次，整颗挂上尼龙绳，再一片片小心地分开，使其不要粘连，更易于被风干。

萝卜条晾上之后，每个人都在祈祷不要下雨，一旦下雨，萝卜就会变红甚至发霉变黑，所有活儿就白干了。大多数时候，大家都密切观察着天气，两成左右的萝卜条会被雨淋，其余则能顺利地被一片片取下，按照等级，捆绑成扎，每一扎大约成年男子脚踝粗细，此时就终于可以打包售卖了。

土地又迎来了老三样。春天来临，贝玛带领大家祭祀土地，人们会在祭龙的时候短暂地欢庆一天，之后又该栽烟了。

以上所说的农活儿，只是我的老家，或者说我家最主要的几样农活儿，其余的农活儿实在太多，无法三言两语一样一样数清楚。总的来说，农民的生活是繁复、紧张的，没什么田园牧歌的美感，倒是提心吊胆得很。

除了烟草一般有统一的收购价，其余的农作物都是在赌，也许圆白菜还小的时候行情是两元一公斤，到了它可以收成时，就跌到一毛五一公斤了。萝卜也是，早晨拉到交易市场还是十元钱一公斤，中午就变七元了，也许第二天早晨又十二元，第三天就六元了。

至于荷兰豆、四季豆、露水草……这些都是需要缘分的东西，运气好就一下子都卖出去，运气不佳，只能烂在地里。

让我们紧张的不只是价格,还有天气,冰雹是最糟糕的,其次就是连日大旱或者连日大涝,都会让一年的努力血本无归。

收成好与不好,做农民总是苦的,所以我是那么那么地害怕做一辈子农民。

农活儿总也干不完。

除了在学校上学的时候,其余时间都要跟着大人一起干农活儿,每一件事都需要用手去做,阿妈赶着牛在前面耙地,我和姐姐就跟在后面捡土地里的根茎,拿着锄头和钉耙打碎结块的土壤,看到地老虎(一种害虫)就一只一只地用手揪出来掐死。

在众多农活儿中,栽烟是最苦的,烟苗昂贵且脆弱,每一株都需要小心翼翼种下去,再小心翼翼拢上土。烟苗不易保存,又得赶着时节,一到栽烟的季节,总是天不亮就下地,天黑了再回家。日头那么大,晒得人头脑发涨,后背也是火辣辣的,耳朵每每到夏末就开始蜕皮,跟蛇似的,一层一层。

我们的手指在干燥的土壤里来回地刨,指腹长出一层茧子,指甲里常年是黑的,倒刺像开放的绒花,绕在指甲周围。

给烟除草也是一件费神事。大热天的,蝉吱哇乱叫,我和姐姐蹲在烟下,左手扶着烟叶,右手快速薅去杂草。"啊呀!"姐姐大喊起来,我抬起头,看到她手里捏着一条蛇甩到田埂下,然后呜呜地哭起来。

阿妈安慰了她一会儿,可也就一会儿,姐姐又蹲下继续干活儿了。

不止蛇,我们在除草时还抓到过蛤蟆、四脚蛇,与之相比,蚱蜢、蜗牛和蛞蝓,已经算很温和的客人了。

给烟封顶也不好受,我们比烟矮得多,得一直高高地举着胳膊,封顶药会顺着手臂流进衣服里。到了夜里,腋下火辣辣地疼。

烟叶上有一层黏黏的物质,所以编完烟之后,手上会一直留有那层东西,接触空气之后就会变黑。我们的手指总是黑的,不同于晒黑,它是被染黑的,看起来臭臭的,像从未洗过手。在汉族学校读书那阵子,因为黑色的双手,我失去许多和同班同学一起玩耍的机会。好在家里栽烟的学生不止我一个,一放学我就跑去和高年级的黑手指们一起,拿上饭缸去食堂打饭,我们会自觉地排在白手指后面,等他们打完,我们再凑上前去。

干农活儿好累,春夏秋冬,周而复始,仿佛永远没有尽头,但在这日复一日的劳作中,我们一家人也只是勉强果腹而已,那时候我会止不住地想,如果不干农活儿我们就会饿死吗?我们不能够休息一阵子吗?世界上有多少人像我一样,跟在父母后面一直干一直干,没有停下来的时候呢?

书本上歌颂农民是伟大的,伟大在哪里呢?伟大不是一个好词吗?为什么伟大的人要生活得如此辛苦?

生活没有给我答案,我隐隐约约觉得,唯有在汉族学校好好读书,才有可能摆脱一辈子干农活儿的命运。可惜我的成绩并不好,农活儿也没有因为我去读书了而变少,寒暑假的农活儿变得越来越多。在一个雷雨过后的傍晚,我背着背篓、拿着镰刀去采猪草,河道两边的石头太滑了,我一下子扑倒在上面,背篓里的猪草倾倒出来,掉进河水里,被湍急的河流带走,几分钟后就不见了踪影。

那一天,我一个人在河边趴着哭了起来,对于将来模糊的期盼顷刻间与猪草一起走远了,我觉得我将要干一辈子农活儿,像村子里的每一个农民一样,像我的阿妈一样,像我的外婆一样,一直干到身体干枯、眼球浑浊,直至死亡。

当然了,作为一个农民,我也有那么一两样乐在其中的活计。首先就是挖草药,严格意义上来说,挖草药不能算成农活儿,它不像农活儿那样具有时效性,你无需赶着时间和天气去追赶干活儿的节奏,不管挖与不挖,草药反正会一直在那里。

每每放牛的时候,我和姐姐就会带上小锄头,背上阿妈用编织袋给我们做的斜挎包,包里放上两个饭团,往有草药的山上去。牛自己知道哪里能吃草,我们就钻进灌木丛中开始挖草药。

挖草药本身是挺累的,得一直弯着腰寻找,挖不了一会儿就觉得腰痛,其中的乐趣在于草药旁边总是伴生山莓和云莓,味道鲜甜,一边摘浆果,一边挖草药,总比顶着烈日刨土快活多了。

一般来说,牛吃饱的时候,我们的挎包也装满了,正好赶着牛回家。挖回家的草药会晾晒几天,上学之前背到汉族村落去卖,一个周末的劳作成果,大概能换取二三元钱。收草药的女人把我们的草药倒进她自己的大编织袋里,一屁股坐上去,使劲压实,才会给我们结款。

拿到钱的小孩一般会立刻转头扎进旁边的小卖部,买一毛钱一根的辣条、麻辣土豆串、搅搅糖,或是两毛钱一串的油炸蚂蚱,能买五毛一个的冰淇淋的,那就是所有小孩的羡慕对象,是可以昂着头走进学校的。

我和姐姐会把钱存起来,这笔钱主要有几种用处。比方说春游的时候,父母是不会给钱的,就靠这几块钱来撑过去。还有就是买闲书,学校门口的老头卖的,黄黄旧旧的书，我最爱看讲鬼怪志异的书，可那些书大多是缺页的，所以很多故事我到现在也不知道结局。

捡菌子也是一项不错的活计。

清晨天一亮就出发，带上小竹筐，在半道上挑选一根趁手的棍子，钻进密林之中。我们家附近的山林里最容易获取的就是美味牛肝菌、羊奶菌和珊瑚菌，这些菌子都是无毒且炒起来十分美味的野生菌，并且它们不值什么钱，就算采回家也不会被父母拿去卖掉。我们会主动把菌子清洗干净，企求阿爸在炒菌子的时候可以多放一点儿宝贵的猪油，让我们香喷喷地美餐一顿。

懂事一点儿以后还是更期待捡到像鸡枞、干巴菌、黄牛肝、见手青、青头菌这类能卖钱的菌类。我第一次得知一柄巴掌大的干巴菌够我挖一整个学年的草药时，可谓大受震撼。我不明白为什么城市里的人愿意花这么高的价格去买它吃，干巴菌是很鲜美，但是不值钱的珊瑚菌味道也不差啊。不过有人愿意付钱吃菌总是好的，它为我们提供了一个获得生活资料的通道，每一次钻进山里之前，眼前都会先浮现一大片干巴菌，以激励自己坚持在雨后的森林中搜寻数小时。可是鸡枞和干巴菌，小孩子是没有那么容易捡到的，相较于专门在雨季全身心投入捡菌的人来说，我们还是太业余了。他们会想尽办法保护他们的"菌窝",我们完全没可能捡到漏网之菌。

在我的印象中,有一年雨水特别好,恰好的水分和阳光使得菌子也多了许多,我和姐姐捡到了不少的黄牛肝,卖了有八十几块钱。那一学期,我们打饭的时候碗里总算见了一些荤腥。

我从未喜欢过农活儿,但也无法厌恶它,至少在一贫如洗的童年中,还有农活儿能支撑我那飘摇的自我认同感,让我觉得我有在做一些"有用的事",也让我有了一个盼头——"就算不会读书也好,起码靠干农活儿也是可以填饱肚子的"。幸好有这么一个盼头,否则那些因为读不进书而灰心、迷茫、担忧的日子,我该如何独自撑过去呢?

去镇上读初中

和在村庄的日子不同,在汉族学校里,住校生的一切行动都是集体的。四五十个女孩挤在一间教室里,起床、吃饭、回宿舍、熄灯,都遵循着学校制定的规则一起行动。我非常不适应这种集体生活,之前从长辈身上学到的所有经验,在这里都毫无用处。我时常感觉身上像缠满了挥之不去的蜘蛛丝;夜里醒来,听着近在耳畔的呼吸声,我时常觉得自己还不如家里的猪——它拥有自己的猪圈,且可以独自进食。

放学的时候,我们像狂奔的小狗一样冲向食堂,在几十秒钟之内排成一队。走读的学生们背着书包叽叽喳喳三五成群地往外走,和我们个子矮矮的一列长长的队伍形成鲜明的对比。

汉族学生大多穿布鞋,校服也是齐整的。女生几乎人人都有彩色发圈,再不济也是五角星形状的铁发夹,她们之间讨论的话题经常变化,有时候是《还珠格格》,有时候是《神雕侠侣》,有时候是《情深深雨濛濛》,到了四五年级,《流星花园》就成了学校里最热门的主题。男生的话题我就更不懂了,汉族的男生总是叫喳喳的,满学校疯跑,追逐打闹,似乎没什么烦恼。

他们很重视生日,互送的礼物大多是精美的贺卡、笔记本,或者是抄写了歌词的小本子。追逐时髦的同学,还会在歌词本里贴上小燕子或是杉菜的贴画。这样的礼物是十分珍贵的,收到它的人会给足送礼之人面子,惊喜地让大家传阅其别致的排版和充满创意的连体字,大约就是把"天天开心""一帆风顺"这样的字连在一起。

彝族学生则总是朴素的、安静的、单调的。就算翻开传阅到手中的歌词本,我们也不知道里面抄写的是什么歌的歌词。

我们很少会聚在一起大声说话,谁也不愿意在学校里谈论和农活儿相关的事,又没有别的话题可聊,于是大多数时候,我们只是静静地看着个别放得开的人和汉族学生打成一片,心生羡慕。

我们的成绩也追不上汉族的孩子,尤其是语文,准确来说是作文。我们很难用汉语准确地表达自己的意思,我的一些同学直到小学毕业的考试,作文也交了白卷。表达是困难的,即便知道这一次考试很重要,表达依旧是困难的。

考试结束后,学校组织我们进行了大扫除,很多同学就地把书撕毁或者拿到学校外面的空地上烧掉了。大家都因为对课本的处理而感到兴奋,尤其是男生,小火苗点燃书本之后,他们兴奋得怪叫起来。

不过是小学毕业而已,大家却搞得像是结束了寒窗苦读一般发泄着自己对学习的厌倦。事实上,对于差不多一半的同学而言,六年级毕业确实是学校生活的句号了。绝大多数不去读初中的男生会听从父母的安排去个旧或者蒙自打工,女生则嫁人。

我当然也是觉得解脱的,集体生活终于可以告一段落,背着书包走出校门,和阿爸一起回到村庄,见到熟悉的小马、猪和狗,身上的蜘蛛丝才尽数消失不见。我又投身进了那熟悉的、令人安心的农活儿中。

干农活儿是苦的,读书也苦。倘若两者一定要相比,那还是读书苦一些。不过,父母的严厉教育还是让我在考试中达到了合格线。暑假没过多久,我就听说了自己考上初中的消息,同村的同龄孩子只有我上了初中。学校位于靠近县城的一座镇子上,一座我从来没有听过的镇子,离家很远,离县城很近。

初中三年尤为难熬,文化课差距成倍增加,尤其是英语课。老师授课时就预设所有学生都已经在小学时学过基础的英文，而我当时连二十六个字母都搞不懂。

数学老师，也就是班主任，一个姓陈的中年男人，他不止一次在课上强调农村学生和城里学生的不同，教学时也使用着两套评价标准：对城里的学生十分严格，做题做到对为止，讲题讲到会才行；对于我们，他显得宽松多了。有的农村孩子没弄明白这意味着什么，还觉得数学老师脾气好极了。

课程跟不上本就心焦，我还总是生病，一生病，校医就会开同一种药水打点滴，本来就很少的生活费捉襟见肘。我总是病恹恹的，脸色蜡黄，身材干瘪，往返在校医室和教学楼之间。

有一次我晕晕乎乎地扶着墙往教室走，一位姓魏的同学和一位姓普的同学迎面走来。魏同学看到我，想打招呼，被普同学拉住了："别碰她！"

我清楚地听见了那句话，也看到了普同学脸上的神情，那可真令我惊讶。要知道，普同学已经算是城里学生中，对我们比较友好的一边的了。

那一天，我体会到了前所未有的孤独，我意识到整个学校里应该都没有和我讲同一种母语的学生，相比于汉族小学，这一次，我才真正被扔进了一个"孤立无援"的文化氛围中。那段时间里，我一直觉得自己既不属于学校，也不属于村庄，我搞不清楚自己究竟属于哪里，也不知道是否应该融入，又如何融入这新环境之中。

小学时候的同桌去读了乡中学，她偶尔会给我写信。和我在学校的烦恼不同，她的来信内容大多围绕谁和谁"好了"，就是谈恋爱了，谁和谁打了架，谁从学校外面搞烟进校卖给同学被记了过，谁读了两星期就被未婚夫从学校里接走了，云云。

我看着她的来信，像触电般，刹那间感觉我们真的不一样了。我知道自己在这所学校也许会一直位居末流，可是我有强烈的感觉，我绝对不想去她的学校，也对同学的恋爱和男生之间的斗争毫无兴趣。如果暂时不知道自己要什么，也许明确自己不要什么，也算是一种幸运，因为这个"不想要回到乡中学读书"的念头，让我下定了死撑下去的决心。

虽说学校在镇上，实则从地理位置来讲，它位于一块孤立的地块上，放眼望去，周边都是农田和荒地，宿舍楼窗外是一片一望无际的韭菜地。周末为了节约车费，我一般都选择留校。傍晚的时候，韭菜地里的农民会过来料理田地，我就站在宿舍的窗口望着。他们头戴斗笠，弯着腰，扒去韭菜多余的叶片；也是看了许久之后我才发现，他们要卖的不是韭菜本身，而是韭菜薹和韭菜花。

他们总是一群一群地来，再一起回家，干活儿的时候聊得热火朝天的。这让我产生了极大的负罪感——我的父母这时候也许正在家中孤独地劳作，而我，站在宿舍的床边，享受着无事可做的时光。

自从这个念头出现之后，我就再没有观察过他们了，我怕他们中会有人意识到我本应该也在地里劳作。偏偏在我不再观察他们的时候，我才留意到一直有一双眼睛在观察着我。

那是一个男人，六十几岁的样子，也不一定就是真的六十几岁，庄稼人总是显老的。一次，在我准备换衣裳而去拉窗帘时，我看到他对着我这边，快速地摩擦着下体，我吓得想要尖叫，手却抢先一步拉上了窗帘。

那之后接连几天我都没有睡好觉，那条好像看清了又好像没看清的东西似乎一直在眼前阴魂不散，恶心反胃的感觉也持续了好多天。我没和任何人说起这件事，也不知道该如何驱除阴影，只是再也不敢靠近窗子了。

差不多过了两周，有一天，宿舍楼里传来一阵骚动，声音似乎都冲着那片韭菜地。舍友们好奇地伸头出去张望，我慢慢走过去，才看到是三楼的学姐们在用东西砸那个男人，拖鞋、纸团子、水，还有带血的卫生巾，像受了伤的白色小鸟，径直飞到男人脚边。

一开始男人还在对着宿舍楼做出下流的手势，骂他的学生越来越多，引得周边的农民聚集过来，他才吓得逃窜。

那片带血的卫生巾取代了男人的生殖器，我的睡梦里终于只剩下白色的小鸟。我不知道是谁扔下去的，也不知道为什么她会突发奇想将其当做武器，那时候我还没有来月经，对生理知识也一窍不通，一种渴望在我的心里流淌着。但小学时那位女同学的经历让我心有余悸，加上女生宿舍里一直在讨论那片被当做武器的卫生巾，那时候我才晓得，大家没有把那次攻击当做荣誉，而是悄声地议论着，那样的行为是多么地恶心，多么地不雅，说起来实在可笑。

初三的时候，月经突然在上课中途降临，我完全不知道该怎么处理，也不知道应该向谁寻求帮助，所以从意识到月经把我的裤子弄红的那一刻，我就坐在椅子上没有起来过，一直到中午放学，教室里的学生都走完了，我才匆匆站起来。彼时我的膀胱已经绷得快要炸裂，我夹着双腿一步也无法挪动，突然，阿妈按压膀胱的样子涌到我的眼前。在家中时，阿妈经常会突然尿意来袭，为了避免尿在裤子里，她会频繁且适度地按压膀胱。我也学着她的样子，弯着腰，夹紧双腿，反复地按压着膀胱，但是这一方法显然对我没有用，因为长大以后，我才搞懂阿妈尿急是遗留多年的产后漏尿症状，而我尿急，纯粹是因为憋了太久。原因不一样，结果自然也不一样，所以我不仅没有止住尿意，反而加速了它的宣泄而出。

看着尿混着血液顺着裤腿流下来，我呆愣了几秒，之后一步也不敢再逗留，逃命一样地飞奔下楼冲到厕所。学校的厕所远在教学楼几百米外的地方，中途必经之路上都是从食堂打饭回宿舍的学生，我在他们之中捂着脸狂奔，不清楚究竟有没有人认出我来。

也许并没有，但在我心里，似乎全校都已经知道我在十几岁的年纪尿了裤子，我给自己的心头上了一把锁。很快，我学会了女生来月经时的通用法则，去小卖部买卫生巾时鬼鬼祟祟，带回全是女生的宿舍之后，也藏得严严实实，扔在公厕时，要先卷起来，再小心地放在垃圾篓的角落。

不知为何，因为月经这件小事，许多复杂的感受在心里交织着、生长着，我觉得自己也成了不雅的人。

回想当时，我是如此地恐惧学校、厌恶学校，可又渴望着学校。这些无处诉说的复杂心绪让我感到不安，在当时的我的心里，唯一安全的地方就是村庄的农田，农田里只有土地和作物，只要把作物养护好，那么不管是一年还是三年，就一定会有结果，不像读书——读书三年，真的会有一个好结果吗？我很怀疑。

如果硬要想出一个当年坚持读高中的理由，我想就是姐姐带我进了一次城吧。

小小少年初闯省城

二〇〇五年,我上初三,我姐考上了省城的大学,到省城上学。

自从进城上学,假期她就没有回过家。我们都没有手机,我们学校座机不是很方便,所以我们就写信。在信里,她的每一句开头都是"上课的时候不要看我的信,也不要一直想着这回事,放学回宿舍再慢慢看",而结尾大多以"一定要努力,拼命努力,坚持读书,考上高中"为结尾。

姐姐自从上大学,就没向家里要过钱了。好几次,她在信里说城里的钱太多了,遍地都是钱,挣都挣不完,她打工就能把生活费挣回来。临放假前,还给了我一百块钱,让我也到省城看一看。

我从来没有进过省城,我父母也没有。阿爸最远就是到蒙自市参加乡村教师进修培训。姐姐是我们家第一个进省城的人。

这个"让妹妹放假到省城来"的提议让我父母不知如何是好,他们思考良久,最终还是同意了。我姐让父母不必再给我多余的钱,可能是怕我乱花,也可能是为了他们安心。总之我带着她给我的一百块钱,早晨八点,一个人从我们村里走路到另一个村,九点半坐上面包车到镇上,十点半又从镇上坐中巴车到建水县,最终十二点十分从建水换上进省城的大巴车。

路上有人会在停靠的中间站点卖煮熟的玉米,想了一下还是没买——我晕车了很难受,不想吃,并且两块钱一个,我觉得太贵了。

为了防止自己吐出来,我把口水咽了又咽。阿妈交代我如果晕车了掐掐虎口会好些,可实际上我都掐青了也没起到什么作用。

终于,四个多小时后车进城了。但我睡着了,没看到进城的风景。一直到下车那一刻,巨大的陌生感冲击了我,兴奋和恐惧包裹着我的头颅,我的眼睛不知道该看向哪里,我的脚步不知道该走向何方。我只能紧紧抱着书包,跟着人流憧憧懂懂往外走——这一走就走丢了,别人是要去坐公交车的,而我姐和我说的是不要出站,在下客的地方等她。

陌生的人群和陌生的车流包围着我，我从来没见过公交车，也没见过宽阔的马路。我的脸涨得通红，脑子嗡嗡作响，强烈的自我注视和自尊心让我不敢露怯，麻木地跟着人群一直走了很长一段路。终于我想，先给她打工的地方去个电话看看，或许她还没出发来接我。

到了小卖部，我问老板可以打电话吗？她说："那不是贴的有字吗？"这一声不像呵斥，又很像呵斥，我一时愣住了。老板走过来说："你拨哪里？""××足疗店。"我说。她又提高了分贝："我怎么知道是哪里，我问你电话号码！"

这时我已经快哭出来了，把记有号码的笔记本递给她。她飞速拨了号，响了几声就接通了。

我背过身，用手腕仓促地抹了抹眼泪。"燕子在吗？"我问，声音小得我自己都听不到。对方是个女孩，很热情，她说："你是燕子的妹妹吧？你到了吗？她还没下班呢！等一等我去叫她，你别挂电话！"说着就听到了有人跑动的声音。

我的心踏实了很多，眼泪也慢慢止住了。这时那个老板又过来了，她看我一直没说话，说："两块钱一分钟哈，要讲快讲。"

我好不容易松弛的神经再度紧绷起来：两块钱一分钟，这不是已经快两分钟了吗？我急死了，轻轻地、止不住地跺脚，电话那头却什么声音也没有。我把手伸进裤兜里，紧紧地掐住自己的大腿肉，想冷静一点儿，可是脑袋一片空白，不知如何是好。

那个女孩去叫我姐姐的过程，就像云朵从东边飘到西边一样漫长，我又要哭出来了。

"喂？喂？你到了？你在哪里呢？"终于，我姐来接电话了。

"我不知道。"我哇的一声哭了出来，眼泪像攒了一个旱季的雨水。她很着急，一直问我怎么了，在哪里。可我根本不知道自己在哪里，说了半天说不清楚，又想到两块钱一分钟，急得又掉汗又流泪又跺脚，哭得根本说不出话来。

"你别怕，你别哭，你不要动，你就一直不要动，找个地方坐着等我，我来了肯定能找到你的！"

我不住点头，又反应过来要用嘴说，就说知道了知道了，然后飞快地挂了电话。

没等我停下哭泣，那个老板走过来："五分钟，十块。"我从兜里掏出来去掉车费剩下的四十几块钱，拿了十块给她，然后把书包反过来抱在怀里，坐在离她店门不远的地上等我姐。

我的脑子里不断播放着从家里出发以后的每件事的细节，放大着自己每一个不熟练的行为、每一句傻乎乎的问话。抬起头看看,路上的女孩都那么好看,她们的头发好干净、好顺滑,她们的衣服真好看。我低头看看自己,这是我最好最新的一身衣服,可我在人群中就像一个村中的老人,干瘪、灰暗,散发着泥巴味。窘迫包裹着我的脊柱和后背,我浑身不舒服,又痒又燥热,脚心手心止不住地出汗。

我要是不来就好了,我想。我又哭了起来。

不晓得究竟等了多久,终于听到有人在喊我的名字。我姐小小的身子出现在不远处的一排快餐店前,我喊:"姐!姐!阿姐!!"

姐姐看到我了,攥着衣服下摆向我跑来。"我以为你会去吃饭呢!饿不饿?"

我很兴奋,不安完全被姐姐的出现冲淡。"我不饿,我一点儿也不饿!"

但我姐还是先带我去吃了饭,两荤两素八块钱。我们俩吃一份,我添了很多饭,吃了个痛痛快快。

吃完饭我姐又带我回打电话的地方,她拉着我直直冲进店里,问老板:"座机明明是五角一分钟,你为什么收我妹妹两块?"

老板非常不屑,说:"我收的五角嘛,你问她!你问问她!你来说,是不是五角?"

我很懦弱,我的人生里从来没有和别人这样当面对峙过,憋红脸一个字也说不出来。

我姐说:"胖婆娘你要烂屁眼的!"

那老板跳了起来,口中污言秽语。我姐拉着我赶紧跑,还回头大骂一句"你××",然后带着我跳上了公交车。

车上人不是很多,她坐好以后把汗水打湿的头发捋了一下,又把车窗打开,哈哈大笑了起来。"胖婆娘气死了哈哈哈!"

我完全笑不出来,我从来没说过脏话,一句都没有,如果我说脏话,父母肯定会打死我的。我从来没和别人吵过架。我从来没有骂完人家烂屁眼以后飞快地逃跑。我又哭了。

我姐却笑了,她说:"不要哭,不要怕,别人骂你你难受,但是他们被骂也很难受的,算扯平了。"

她没有过多地安抚我,自顾自地给我介绍窗外的风景。"很快就到金马碧鸡坊了,那边很多商店,还有家乐福超市。我带你去逛超市。"

"家乐福是什么?"

"就是超市,不是那种商店,是很大很大的超市,你去了就知道了。"

我的心情又回到了兴奋状态,好像今天已经过去了,我已经从头开始新的一天了。

那一天我们去了家乐福超市，去了地下女人街，去了新华书店，还吃了冰淇淋。城市真大，城市里的人真多，城市的商店里，卖着太多我没有见过的东西。

"只要不懒，就能挣到钱，在这里挣一个月的钱，够咱们在家种一年地的。"姐姐的脸上洋溢着兴奋。

我们逛了一整天，逛到脚踝隐隐作痛，脚趾胀得挤着鞋头，好像下一秒就要顶破鞋子冲出来。为了赶末班公交，姐姐拉着我一路跑，跑到公交站时公交车正好停稳，我在车后轮处，吃了一大口尾气，差点儿没当场吐出来。好在上了车没多久姐姐就抢了一个位子给我坐，走了一天实在是太累，我一下子就睡着了。

到了目的地，姐姐叫醒我，带我回到了她打假期工的地方。十几个姑娘挤在一个房间里，放了五六张高低床，我姐睡在上铺。我们洗漱完，挤在一米宽的小床上，和她的工友们聊天。大家都因为我的到来有一些兴奋，有几个姐姐的方言从来没听过，听也听不懂，总之我答非所问，大家都被我逗得哈哈大笑。

没多久我就睡着了，空气里飘着烧蜂窝煤的味道、泥土的味道、铁栏杆的味道，还有漂白剂的味道。这个复杂的味道，就是我对城市的第一印象。那一天一直牢牢地寄居在我的脑子里。

在县城读高中

告别姐姐回到学校之后,我心里的包袱轻了许多,因为我明白了一件事情:我长大以后,长到姐姐那么大的时候,我也可以挣钱了,那么就算我没有考上大学,或者没有考上高中,也可以有收入,有收入就能养活自己,也可以回报父母。想到父母为我付出的辛苦和金钱不会毫无回报,我的压力就小了许多。

初三结束之后,我勉勉强强考上了县一中,老师没想到,我自己也没想到。回学校领录取通知书那一天,是班主任对我说话说得最多的一次,他问我家在哪里,具体在什么村子。我告诉他以后,他笑着说:"没听说过,更没去过,只听说过你们乡上(现在划镇了)有黄牛干巴卖。不过你能考上县一中也不错,起码有个高中读。你家人同意让你继续读吗?"我点点头,他也点点头,把通知书放在我手里。

高中在真正的县城里，学校外面不远处就是一条小商品街道。军训结束后，学校的女生们三五成群去买东西，同宿舍的一个女孩子，姓白，也叫着我一块儿去。

那一次我终于没有推辞，因为考上高中，小叔叔给我了一百块钱，这是额外的一百块钱，我可以自由支配。逛了半天，我什么也没舍得买，倒是在回学校的路上，遇到一个年轻的男人，说是来旅游的，没钱了，想把相机卖了，换点儿钱吃饭。

我们都以为他说的是真的，我想，一百块钱买一个相机，怎么都是划算的吧？再者，他答应有钱了会回学校找我把相机赎回去。结果当然是被骗了，买来的相机实际上只是一个塑料模型，而我们两人都不认识真正的数码相机原本应该长什么样。

我哭了很久，却也没有敢和家里人说这件事，也不知道应该把那个假相机怎么办，它就一直躺在我的行李箱里。

一百块钱打了水漂，之后就再没有类似的补贴，而我迎来了长身体的高峰期。肚子饿，每天都在肚子饿。馋，馋肉、馋零食、馋水果。一到宿舍熄灯时，我的饥饿就会到达顶峰，我总是想着食物入睡。当时最馋的就是食堂卖的炒面条，五块钱一份，我从来没吃过，但是每次从那个窗口路过，都能闻到飘出来的香味。当时我想，要是能够每顿都吃炒面条,我可能会快乐升天。

其次就是跟不上学习的节奏,真的一点儿都跟不上。老师和同学们之间的互动有一种城里教学的默契,他们似乎已经知道对方掌握了多少知识、会抛出什么问题,我在其中就像一只尚未进化成人类的人猿,茫然地旁观着。

第一学期期末考,考得一塌糊涂,当时学校里一些和我情况一样的学生,先后辍学,或者转到了三中、职高。我彻底认清了自己不是读书那块料,不如早点儿打工挣钱,至少可以减轻家里的负担。

在寒假的某天晚上,鼓足勇气和阿爸说我不想读书了。我已经做好了会被大骂一顿的准备,阿爸沉默了许久,既没有责骂,也没有安慰,只说:"至少要把高中读完。"

学习跟不上,人际关系也不怎么样。在学校里时间长了以后,我才第一次知道,原来县城里头对于我们花腰彝族人是有一个代称的,叫作"老花腰"。他们会聚在一起,指着走在一起的几个女生称"老花腰",或者会互相开玩笑:"你像个老花腰一样。"然而,学校里的歧视和社会层面比起来,已经显得很弱了。在社会上,干脏活儿累活儿的,就是"老花腰",其次是"老红河",指来自红河县的哈尼族们。

我很小心地掩藏着自己是花腰彝的身份，偷摸地学习着县城学生的口音，模仿他们走路和讲话的节奏，因为我真的很害怕，很害怕在某一刻，会突然有人用"老花腰"来指代我。

也许就是我的模仿显得太过刻意，班上开始有人嘲笑我的嗓音和口音。青春期的我长得并不漂亮，甚至有点儿怪异，尤其是眉毛稀疏，鼻子很大。当时班上有一个姓李的同学，她最先把"无眉大侠"的外号送给了我。

很多时候，只要我路过她的座位，她就会轻声地喊我"无眉大侠"，然后夸张地模仿我说话的声音，大部分时间我都装作没有听见。有一次教室里只有我和她，她还是一样地扮丑羞辱我，我实在是气急了，想和她理论，哪知她的伙伴突然就进来了，她们把我围在中间，尽情地逗弄我，直到我哭了起来，她们也没有罢休。

在那之后，她对我的称谓变成了"小美女"，我们都知道那是什么意思，比"无眉大侠"还要羞辱人。我变得更加沉默，而李同学和她的朋友们对我的作弄一直未曾停止。我觉得痛苦极了，不知道自己能不能撑到高中毕业。

当时学校里有一本校刊，每个月刊发一册，收录的内容是学生的文稿和画作一类，形式很像当时很火的杂志《男生女生》。我把自己的苦恼和心事尽情地倾诉成文章，投给校刊编辑部，刚开始几次都没有回应，高一快结束的时候，编辑部联系我，刊发了我的一篇文章，给了我十五元的稿费。

那是我第一次从学校这个环境里得到积极的反馈。十五元可以吃三次炒面，拿到稿费的那天下午，我几乎是飞奔到食堂，买了第一份炒面，带着满心期待，紧紧攥着打饭的不锈钢口缸，端着我心心念念的炒面，到自行车棚后头的无人空地上用餐。可是第一口炒面入嘴时，我才发现这面是如此地普通，稀稀软软的面条，不新鲜的蔬菜，没有一丝肉味的火腿肠，总是卡牙缝的辣子皮。

它花了我三分之一的稿费，我只能硬着头皮把它吃下去。

当天晚上我就闹了肚子。女生宿舍每层楼四十多个宿舍，共用一个厕所，流传着一个学姐曾在那间厕所里上吊自杀的校园传说。我在夜里来来回回跑了许多趟，极力避免窜稀在裤裆的同时，还要提防有没有传说中的红裙子女鬼站在我的身后……第二天，整个人都拉脱水了，到校医室挂水花了四十块钱。

那一次的经历让我明白了一个道理：乐极生悲，太快乐的事身后会有倒霉事等着我。记忆中好像自那以后，我就没有再非常地快乐过了，即使快乐，也会有意识地压抑一下，"乐极生悲"，我反反复复提醒自己。

二〇〇八年汶川大地震的时候，我们学校因为正好在地震带上，教学楼伤得不轻，学校让我们在操场上过夜。当时一个同班同学，叫麦子，她母亲来学校接她时大发善心，把我邀请到她家里，过渡一段时间。

那个夜晚，我才知道原来在城里，进门是要换鞋的，床单被罩可以是成套的，饭后是要刷牙的，睡前是需要洗澡的……

麦子家里开了一家餐馆，我们吃饭时就到店里去。刚到她家的那几天，我一直忍耐着吃饭的欲望，她给我盛多少饭，我就只吃多少，菜也是，只吃摆在面前的那一盘。她们家喝汤要用公勺，也不知道为什么，用公勺把汤舀进自己碗里再放回去的这个过程，总感觉十分漫长，似乎她家所有人都在盯着我的手，于是我也就不再喝汤了。

我和她家里人的相处很小心，怕自己说错话，更怕自己听错话。他们的矛盾和摩擦从来不避我，这让我感到不知所措，每当她的母亲抱怨时，我就埋头干活儿，生怕这份抱怨里会有我的原因。

住在她家那段时间，我干了许多的活儿。我不能说是她母亲故意，因为确实我吃了很多好东西，享受了成长过程中营养最充足的一段时间，但也确实是干了很多活儿，比她家的小工做得还要多。每次她的母亲站在院子里说哪个地方没弄好，我就会赶紧从座椅上弹射起来去收拾，生怕自己成为一个白吃饭的人。

我不好意思在浴室痛快地洗澡，上完厕所以后会蹲下来检查马桶有没有留下使用的痕迹。每天早晨都提前很久起床，不占用她们的洗漱时间。

麦子告诉我，不必这样勤快，她休息我也休息就行了。可我做不到，做不到那么坦然，只盼着赶快恢复上课，让我回到学校里。

有一次，麦子和她母亲吵架了，为了不让我一个人留在屋里尴尬，她提出带我去网吧通宵。

"网吧""通宵"，这是我人生词典里的新词，我紧紧捏着身份证，看着她替我出了通宵的十块钱，心里波澜起伏，感觉自己即将窥见像她这样的城市小孩在叛逆时会度过的刺激夜晚……结果注册了QQ并精心设计了自己的QQ空间之后，十点刚过，我就趴在桌子上睡着了。不过，这一趟也不是全然没有收获——我第一次喝到了百事可乐。

不像青春片里的女主，到了片尾就会逆袭，高中三年里，我一直如此普通，如此难以在其中找到一种舒适的生活方法，如此拧巴。我看着我的同学们，各有各的性格，各有各的目标，他们时常畅想大学生活，并且在讨论的最后以交流难题为结尾。我是一个局外人，一个听不懂别人在说什么的差生，知道自己差，却也没有勇气尝试着加入那个上进的氛围中。

我一心期盼着高考,期盼生活赶快因为高考这一事件而发生改变,打工也好,回乡下也好,给我一个痛快。可我又是那么地害怕高考的来临,我知道我考不上大学,知道父母的期待一定会落空,知道姐姐所说的"高考改变命运"不会发生在我的身上。一想到这些,我又祈祷时间过慢一些,高考不要到来。

在这期间,发生了一件让我难以消化的事情——我的舍友失踪了,一个多星期了,她也没来上课。

似乎是学校和家长一起报了警,警察让班主任把我们都叫去问话。我只记得最后一次看到她是在物理课上,那周她坐最后一排,紧挨着后门的位置。她对她的同桌说:"等会儿老师问,就说我去厕所了。"接着她就从后门出去了,那天起再没回学校。

我很担心她遭遇了意外,这件事也成了我们年级的新闻。警察来过之后差不多过了三天,她突然回来了。

那是晚自习前,听说她回来了,很多同学都跑去走廊上看热闹。只见她母亲拖着她从老师办公室里出来,太过用力,把她的头发都扯散了,她的衣衫也被拽得凌乱不堪,半挂在腰间。

她低着头,任由她母亲肆意辱骂。从那些辱骂里,我们大概弄明白她出了什么事——她和一个成年男人"恋爱"了，怀了对方的孩子，这一回失踪，其实就是去做流产。

我不明白她母亲为什么要当着大家的面把这些事说出来，只觉得她真可怜。她一声都没吭，她母亲的声音则越来越大，拳头一下一下落在她背上，发出"砰砰"的闷响。我不敢想象她有多疼、多难堪，只祈求她母亲快些放过她，祈求所有看热闹的学生赶快回到教室，祈求时间突然停止，她可以一个人站起来，整理好衣服，离开这个地方。

我缩回教室，不敢再看。不晓得她挨打挨了多久。铃声响起，学生们回到教室，走廊上的动静也渐渐弱了下来。

放学回宿舍之后，我发现她已经躺在宿舍的床上了，被子蒙着头，背对着我们，什么也没说。

第二天就是体育考试，体育老师也知道这回事，但并没有格外地照顾她。跑完八百米的她看起来像死人一样，脸色煞白，白里透着铁灰。一回到宿舍，我们就发现她的下身流血流得厉害，把床单都打湿了，像个熟透了又被捏烂的番茄。

她拒绝了我们送她去校医室的提议，自己去厕所收拾了一阵，我和另一个舍友把她的床单换下来。她回到床上，又一言不发地躺下了。

她平时话很少，也不怎么说自己的事情，但我一直隐约有一点儿感觉，因为有几次星期天的晚上，她的脸上都是带着伤回来的，还有一个女人到学校里来找过她。只是我当时对男女之事太幼稚了，没想到这一层罢了。

那个男人已经四十来岁，从她还在读初中时就和她保持关系。这分明是那男人的问题，是那男人明明知道自己在干什么，还是选择去撕碎一个学生的人生，可人们都在议论她。

她没能坚持到高考，突然就退学了。又一个退学的女同学。

看着她空荡荡的床铺，我的心中产生了一种恐惧：退学以后，她会去干什么呢？她的母亲那么地羞辱她，还愿意给女儿提供一个依靠吗？如果答案是否定的，那她该何去何从？

如果她能参加高考，结果会不会不一样？那我呢？如果我不继续读书，结果又会怎么样呢？

高考很快就来了，而我考得也十分普通，没有考上什么正经大学，也没被少数民族特招班录取。

当时许多广东的工厂到我们县城招工，包吃包住，每月四千五百元。说实话，我觉得这个工资已经很高了，高三暑假我在县城的皮具店打工,一个月也就八百元而已。但我还是想读书,不读书就会往下坠,必须读书。

最后,在阿爸的建议下,我报读了一个师范类型的专科学校,被一个毫不热门的文秘专业录取了。

大专课堂上老师教我们洗澡

大专刚入学的时候,我读的专业有一门课叫"生活与礼仪"。第一堂课上,老师带来了一行李箱东西,就是一些红酒杯、香槟杯之类的,还有一些丝巾、领带等,许多道具。

同学们大部分都像我一样,从极度贫困的穷山旮旯来的,哪见过这架势,那叫一个聚精会神。哪知老师才展示了大约十分钟吧,就把道具收起来了。

她望着我们,几乎是一排一排从头望到尾,后半堂课应该是完全即兴的,因为一切都没有任何顺序和根据。她没有任何征兆地,告诉我们应该如何洗澡。真的,她讲得很细很细:打泡沫的时候要先在手心里打出来,再洗头发,光洗头发不行,要用指腹搓揉头皮,把多余的油脂洗掉,光洗脸不行,要洗耳朵后面,刚开始搓不掉泥没关系,慢慢洗,总能洗干净的。

我写到这里可能会有人觉得太夸张了，怎么会高中毕业了读大专了还不知道怎么洗澡，这老师太侮辱人了，要不就是我在编造。

说起来不怕大家笑话，我小时候一年才洗一两次澡，并且我和姐姐是共用一盆洗澡水，父母搓完一个再搓一个，囫囵搓，不管干不干净，搓过就算完了。初中住校，每周日一次。高中可能四天，或者五天一次。

我不知道"不洗澡"应该算主动选择还是算被动接受，很多时候这两者会在意识里搅在一起。

客观条件来说，我们村通自来水大概是我十四岁的时候，在此之前都必须去很远的地方挑水回家，再用做饭的锅子烧水，然后才能洗澡。白天一干活儿全身都是脏的，夜里根本没有多余的气力去安排洗澡的事。我的被窝一直都是酸的，但我自己并不知道，人都腌入味儿了，哪儿闻得见呢？初高中时洗澡要交钱，穷，自然就节衣缩食少洗澡了。

其实那位老师给我们上课时已经是二〇〇九年了，和我一样的学生却不少。我并不是一个"噢她好可怜、好落后"的个例，所以那堂洗澡课，我们听得非常认真。后来她又分别找了两堂课，把男女生分开。给女生讲了避孕、正确清洗私处、使用洁净卫生棉等内容。和男生讲的什么我就不知道了。

我很感谢那位老师,她其实是一位很凶的老师,大家都很怕她。后来的什么服饰礼仪、餐饮礼仪、办公礼仪、接待礼仪……对我们来说都是纸上谈兵,最后真正从事文职的同学只有一两个,还有三五个选择了继续读书,剩下九成的同学都是闭着眼睛一头扎进了找工作的大军里。

除了洗澡课之外,我在大专学校里确实没学到什么印象深刻的东西,一大半时间忙着打工挣学杂费生活费,另一小半时间忙着补学分补觉。那时候只有一个念头:一定要赶紧就业,最好立刻就业,马上就业。

为了就业,我们会参加许多"社会实践",有的是学姐学长介绍的,有的是老师牵线搭桥。一些同学去了肯德基这类型的公司,据说毕业以后会更容易入职,当时全城只有一家肯德基,里头一大半的员工都是我们学校的学生。另一个受欢迎的就是做家教,只要是和老师关系比较好的、平时在学生会比较打眼的,基本上都能找到家教的工作。

我也短暂地进过一段时间的学生会,也顺利地在老师的介绍下做了一阵子家教。但是仅仅过了半个学期,因为我无法做到学生会的会长和组织委员随叫随到、每周撰写心得体会,或是周末一起去"做义工"的要求,没多久就被踢出去了,家教的工作也就黄了。

我很负气地想，学生会原本就不是什么了不得的东西，明明只是一个学生组织，条条框框多得不得了，倒是跟什么政府部门似的。里面的成员也是，大家都是学生，他们的官威倒是比真正的学校领导还大许多。但我自己明白，我就是无法融入任何集体，学生会也好，学生社团也罢，只要是有组织有纪律，规章制度和权力阶级很明确的地方，对我来说都一样，我适应不了这一套运作方法，置身于其中，犹如狗一辈子被拴在门前。

这条路子走不通，我只能找零工。那时候我因为接代写的活认识了一个学姐，她介绍我加入了"礼仪队"，其实就是一个打工小队，在商业公司开业、庆典等活动时去端盘子，或者干迎宾的活儿。大家穿着一样的服装——大多是红色的旗袍，还有高跟鞋，画着并不美丽的妆容，头发梳得一丝不苟，保持笑脸，一站就是一整天。

我也是到了后期才知道"礼仪队"在学校里竟然算是一个社交等级比较高的存在，能加入礼仪队的姑娘，都是学校里比较受欢迎的，不亚于白人电影里的啦啦队女孩。这样的评判标准真是离奇。

也许对于没有加入礼仪队的女孩们来说，化着妆、穿着旗袍和高跟鞋的女孩看起来很独特，实际上，从早晨八点站到晚上八点，一整天的收入，介绍活儿的老师要抽五至七成，给到我们不过一百五十元罢了，其间还要忍受不间断的异性凝视和语言挑逗。我们的青春和笑容是如此廉价。

我知道这样的活儿不是长久之计。我已经见识了队里最漂亮的女孩是如何被老男人选中连哄带骗拖去吃饭的，也从学姐口中知道了老师抽成的事，并且，这份兼职对于将来找工作来说，没有任何实质性的帮助。我得找一份有奔头的兼职或者见习，就算不是像当时的香饽饽肯德基这样的去处，只要是正经工作，哪怕很小的公司也是好的。

大二下学期的时候，去系办公室帮老师跑腿，听到系主任在和电视台沟通送学生过去见习的事情。我像鬣狗看见羚羊尸体一样扑上去死死咬住，"电视台"三个字是我到那时为止听过的最洋气的词，不得不想尽办法伸出指甲抠进去。

见习期间没有酬劳，白天跑腿、采带子、听同期声、剪废镜头、偷看记者的文档偷师，晚上上选修课混学分，忙得一塌糊涂。后来到底是怎么蹭到真正的实习机会的，又是怎么参加编外人员招聘考试的，记忆已经很模糊、很混乱了。我只记得十二月的某一天，副台长说："你回去找你们老师、系主任想想办法，给你协调一下学习时间和工作时间，至少要拿到毕业证，然后你就能签合同来上班了。"

那天我哭着找到系主任,他是一个矮小的、肚子大大的、眉毛很长的老头。我说:"老师,怎么办呀,我好像考上了,可是我没有毕业证。"系主任哈哈大笑,扶着桌子笑得直不起腰。他用方言说:"憨姑娘,能就业是大好事啊!怎么哭呢?明天你来找我,我带你去办提前就业。"

他带着我跑了几个部门,拿了几张纸交给电视台,我就那样稀里糊涂地就业了,六百元一个月拿了半年。终于在二〇一二年六月二十六日拿到毕业证,工资加到了一千四百元。也就是在那一天,单位给我安排了一间十一平方米左右的宿舍,里面有洗手间,热水随便用,还不要钱,每个月两百元管理费。

那天我多开心呀,一边唱歌一边洗澡,洗了好久,耳朵前面,耳朵背面,大腿内侧,膝盖窝窝……认认真真洗得干干净净。

我的确不是读书那块料,从小学一年级开始一直是休一下,念一下,又休一下,又念一下,光是学汉话就要累死了,还得学汉语写出来的课本。

没有完完整整地、系统地接受过学院教育,学校留给我的也大多是不太美好的回忆,但是今晚,就是这么突然地想到了这两位老师,心里觉得既温暖又难过。听说生活礼仪老师后来跳槽了;而系主任在我考上编那一年突然去世了,我下节目打开手机听到消息飞奔去殡仪馆参加告别仪式时，堂内已经黑压压站满了他的学生。

现在回头写这些事，恍恍惚惚的，像一个梦，不知道该如何总结今晚的情绪，或许是幸好吧，幸好没有高中一毕业就去广东打工，幸好还是上了大专，才学会了怎么洗澡。

补记：进城读大专也不是没有好处。在大专三年里，我算是明白了为什么姐姐会说出来读书再差都比回家干活儿好——在这里，只要下了力气，就一定会有回报。不像土地，土地其实是很残忍的，并不是每次汗水洒下去，就会有相应的收获。

虽然城市也让我明白，人和人之间的差别十分巨大，比上学的时候同学之间的差别还要大得多，但是与之相对地，城市里的机会也多得多。就算是为别人服务又如何呢？能换来生活资料才是最终的目的不是吗？更何况我找到的工作已经很好了，收入累积得十分缓慢，但和干农活儿相比，已经非常非常好了。

因为只读了大专，父母还在家中为我的工作发愁，没想到我会提前就业，直接参加工作，单位还是电视台，他们开心坏了。村子里人人都知道我找了一个"好工作"，回家过年的时候，来家里走动的人都多了一些。

要说我这份工作能实际带来什么好处，其实也没有，毕竟工资不高，也不可能像村里期待的那样，给大家带去福祉。但村里人不明白这些，他们所知道的就是我在城里考上了电视台，这是不得了的事情，说明我是有本事的人。甚至有的老人带着孩子来，让我为他们考大学的事想想办法。我能想什么办法？只能躲在卧室里，不出门见人罢了。

为了这事，父母没少被人背后嚼舌头。左不过就是说我们家逆天改命了，虽然没有儿子，但是两个女儿都读了书、找了工作，所以心气也高了云云。说归说，该套近乎还是套近乎。回到单位以后，我还先后接到了好几次请我帮找工作的电话，平添不少烦恼。

烦恼是烦恼，但也不全是坏事。爸妈说因为我这回事，村里的女孩们也被家里要求上大学了，至少也要读个专科，然后，"像他家老二一样，考个工作"。

第三章

阿妈、姐姐和我

阿妈就要争口气

阿妈的家庭生活看起来一团糟,她不精通家务和下厨,不会带孩子,和兄弟姐妹的关系也很一般——她自己认为彼此是亲密无间的,但是只要与她们姐妹几人相处上几天,就会发现大家都只是表面的和平。也许从最开始,外公外婆把精力和资源都倾注在舅舅一个人身上,并教育其余姐妹燃烧自己托举这个弟弟时,她们的关系就注定不可能亲密无间。

资源毕竟是有限的,托举了弟弟之后,几姐妹间就需要彼此争夺了。各自嫁人之后,争夺就变成了竞赛,比谁嫁得更好,比谁能给娘家带去更多的好处,比谁的孩子更有出息。

阿妈不承认这种争夺和比较,她总是在我针对她和舅舅之间不合理不对等的关系提出质疑的时候反问我:"你和你姐姐长大后,难道就不会像我们一样吗?兄弟姐妹友爱是好事，被你说得像犯了天条。"她偷换了概念，但我当时还小，不知道怎么反驳。

我不知道究竟是因为这个家庭因素，还是因为农村就是这样子的，妈妈从一个"有一点儿在意别人看法"的人，渐渐变成了一个很爱面子的人。

她永远对别人笑脸相迎，即便有的时候任谁都能看出来她只是在假笑。她的假笑是如此地浮于表面：眼睛一眯，露出牙齿。

每每看到阿妈应承别人时的假笑，我就浑身不自在，脸上也觉得一阵阵的麻。我老是直接指出她的伪装："你又在假笑，不想笑不笑就是了，为什么要作假？"好吧，如此看来，我总是挨揍也是有一些原因的。

随着年纪变大，她的假笑更甚了，连眼睛都不眯了，嘴角也不上扬，只直白地呲开嘴巴、露出牙齿，就算是笑过了。

"不能让别人说，这女人说话总板着一张脸。"说起来好笑，我和姐姐都成了说话总板着一张脸的人。

阿妈爱面子，还体现在她的话术。她喜欢在精心思量过的言语间不经意地透露自己的博爱和大方，实际上她既不博爱，也不大方。相反，她不经意间就会流露出自己的冷漠，不管是对待小动物还是对待人，她都是一样冷漠。

她也不大方,给客人吃的水果,她也要计算一下要怎么样才能让人家觉得她大方,但是实际上又不会真的被吃掉太多。

她会在阁楼上一个一个地挑选果子,有疤的不能给别人,但是太新鲜的也不行。太小了丢面子,大的要留着自家人吃——尽管最后可能会出现在舅舅家里,因为得到舅舅的肯定,对她来说就是在与姐妹的竞争之中小胜了一次。阿妈时常会说:"做事就要争口气。"她也是这样做的。

我一直觉得她在务农方面非常地有悟性,她种下去的东西,没有一样是不好的,烟叶比人家的等级高,豆子比别人丰产,就连南瓜,都要比别人种的大一些。她一直觉得我们家的田地太少,限制了她的能力,否则她一定可以做全村收成最好的人。

这一点我无法辩驳,阿妈种地就是很有一手,且她在种地的时候更细心和温柔,使我察觉她其实不是一个冷漠的人,她是有耐心的,只不过无法对人罢了。她对待秧苗的态度使我嫉妒,我也很想得到那样细致的呵护,只可惜我明白自己结不出那样的果实。

并且她也很是愿意吃苦,过去没有车子,收成全靠她小小的身子,佝偻着背一背篓一背篓硬生生背回家,再原样背去卖。我和姐姐也背了不少,彝族的背篓主要靠一条背带勒在前额上进行固定,我的额头上到现在还有背带留下的印子,但再怎么多,也不可能有阿妈背过的多。

为了在下雨之前抢种,她可以一个人打着火把或者手电,在空无一人的山间劳作到凌晨。她的双手因为常年刨地,已经变形了,看起来不似人的手,更像兽的爪。

我和姐姐心疼阿妈,想分担她的苦,可当我们发现,即便在我们的加入下于天黑前干完自家农活儿,阿妈也会打着手电去给舅舅家干活儿,心中的滋味便一时难以言说了。外公外婆在天有灵,看到自己的女儿变成这样,一定觉得自己教育有方吧。

阿妈的爱面子,有时候叫人啼笑皆非。

我和姐姐从十几岁就离开农村,也不会再回农村生活,可是为了"姐妹俩的面子"——每一次村里有红白喜事,她都会主动以我们的名义去交一份份子钱——即便别人并未单独邀请。八竿子打不着的亲戚家里重新盖宅子、立碑,她也会替我堂弟,就是小叔叔的儿子,从生下来就没在这个村庄生活过一天的小毛孩,出一份钱,还要落上堂弟的名字,"这样比较有面子"。

我给阿爸买了一辆车,她四处和人家说是我丈夫买的,夸女婿疼人。她很怕别人知道我们有钱用的话会来开口借钱,可是又忍不住在社交时表现得我们挣钱是那么轻松,"一个在昆明,一个在重庆,都买了房子""写半小时就挣几百块啦,这么好的工作让她给找到了""她从狗贩子那里救下这土狗啊,坐了两千块的飞机从重庆飞回来的呢,你说说,一条狗而已""对对对,成作家了,哎呀,回家过年还在工作,说是编辑又约了一本新书"。

她从不向别人说我们的难处,也从不正视我和姐姐很是吃了一些苦头,才有了并不算"成功"的今天,不管对外还是对内,在她所有的表述里,我们好像是自然而然,很轻易地,就在城市落脚了。

相反,她总是和我们讲舅舅有多么不容易,表哥的孩子有多么地乖巧,表嫂有多可恨……我已经烦透了。

不绕弯子,阿妈就说不了话。

她从不直接表达自己的想法,七拐八绕地,要别人顺着她的话去猜,最后在她的引导下,说出她想要的答案。

阿妈有一些奇怪的习惯。

比方说看电视的时候,她宁愿渴着,忍耐着,也要等到阿爸从沙发上站起来拿什么东西,她就会说:"既然你都起来了,那顺便帮我倒杯水吧。"要是中间阿爸一直不起来,她也就一直忍着渴了。

我明白,她的一生都在这个村庄里度过,她的父母给了她这样的人生底色,她实在很难跳脱出属于村庄的怪圈。也许在别人家里,别人的阿妈也是一样的。

可为什么阿爸没能改变她?为什么我没能改变她?我是不是无视阿妈的付出却一直纠结于她的缺陷?我其实是不是也是和阿妈一样的人?

我当然明白阿妈的人生议题是她自己的责任,我就算再努力,也不可能越俎代庖,但她是我的阿妈啊,一想到我的阿妈不快乐,我就感到痛苦不已。一个人在异乡越思念阿妈时,痛苦就会越强烈,就会想要对阿妈毫无保留地献出自己,但是一到真的接近阿妈,便知道这根本不可能发生。我们之间,已经隔着整整一个人生了。

和阿妈的一次争吵

我和阿妈的关系不是现在才别扭,而是从小就这样了。我一直在心底很惧怕她。

阿爸没当老师以前做木工维生,经常不在家,阿妈独自带我们姐妹。阿妈总是打我,只要我哭鼻子,势必是要挨打的。最惨的一次,是一个夏天,我和姐姐争抢一张阿爸手工打造的小板凳。她喂完猪,从猪圈返回家里时,我们正各自拿着板凳不松手,阿妈大喝一声:"放下!"

谁也不愿意放下,我手上暗暗使劲,姐姐察觉到了,推了我一把,我不甘示弱,一脚踏在她脚背上,她气急了,也用力踏了我一脚。我们终于实实在在地打了起来。

阿妈没再多说,直接从门背后拿出藤条。姐姐一看形势不对,顺着楼梯就往阁楼跑,我先挨了一下。

"错没有?"

"没错!"

又打了一下。

"错没有?"

"我没错!我没错!明明是两个人的事,你又是光打我不打她!你偏心!"

我的控诉迎来了阿妈的暴怒,数不清的藤条一下下落在我的背上,我只穿着一件裈子,身上很快就红了。

姐姐看着不对劲,小跑下来。"你认个错就行了。"

我梗着脖子。"我没错,我没错,你打死我吧,打死我吧,反正你也不想要我,你打死我吧!"

阿妈重重地打了好几下,突然丢下藤条,跑到厨房,趴在碗柜上大哭起来。

我总是怕蟋蟀、青蛙之类的小动物,每次那些动物在朦胧的黄昏碰到我裸露的脚背,我就会吓得大哭,那种时候,她也会打我。在她看来,我不应该畏惧那些动物,也不应该哭,但到底为什么不应该哭呢?她没告诉过我,我也不知道。

我悄悄记恨了她十多年,从来不和她说心事,日常去学校住校也不会给她打电话,而是打给阿爸,跟阿爸大多也只是寒暄而已。在学校里被打了、被欺负了,也不会和他们讲半句。

就这么别别扭扭地过了很多年。上县城读中学时，十二岁半，我就彻底离开家，从此过上了自己对自己负责的生活。后来上大学、毕业、工作、结婚……我的一切都是自己做主，我很少和他们说我的事，过年才回家，偶尔会打电话关心一下他们的身体，别的话题也不多聊。大二那年他们两人先后住院，一个子宫肌瘤，一个肠道手术。我姐在外地，我离得比较近，于是请假回去带他们做手术、住院，可竟然也是默默地，谁也没有开口交流——我不问他们疼不疼，他们也什么都不说。

二〇一五年，我和初恋男友分手了，对方说了很多很伤人的话，那天我真的特别特别难过。半睡半醒的深夜里，我发短信问阿爸："爸，我是不是真的很差，不值得被爱呀？"

这是我第一次向阿爸示弱、倾诉、急求倚靠。他没有回复我信息，我也没再发。第二天中午下班的时候，阿爸开车好几个小时赶来了我上班的城市，他甚至不知道我住哪里，也不会用导航，就这么看着路牌，凭经验一路开来的。

那天我们在我租的小屋里做了晚饭吃，阿爸做饭，我就哭，哭了好久好久好久，仿佛把所有的委屈都哭掉了。当晚阿爸就赶回去了。

阿妈在知道这件事以后，也给我打了电话。和阿爸不一样的是，她十分自然而然地问我："你是不是做错什么事了？否则人家为什么会和你分手呢？"

她不是质问，在她看来，这是唯一可能的理由。这让我的心又碎了一次。

所有情绪集中爆发是在二〇一七年。那一年我遇到了很糟糕的事，用地西泮[1]用得太多了，应激障碍又很严重，晕倒送到医院，昏迷了三天在医院醒来以后，我不是我了。

我易怒、昏沉、烦躁，可是又害怕、恐慌、容易受惊，一只蝴蝶从窗外飞过，我都觉得是有人要加害我。我的认知出现了障碍，不认识爸妈。后来慢慢好转出院，体重锐减，瘦得不成人形。

出院的第一个夜晚，我想自己出门上厕所——我老家房子的厕所是在外面，独立的小房子。刚出门，我就看到一只硕大的蛤蟆蹲在地上，我们四目相对，我的汗毛一下就竖起来了，头晕目眩，恶心想吐。它一弹一跳，发出恶心的叫声，步步逼近，我却像被钉在地上一般难以动弹，浑身战栗，耳边持续不断听见"嗡嗡"的声音，大声尖叫

---

[1] 药物名，常用于治疗焦虑症、癫痫、失眠等。

起来。

第一个冲出来的是阿爸,他快速蒙住我的眼睛,把我连拖带拽拉回了屋里,阿妈在阁楼上铺床,听到动静赶忙冲下来,我姐也从房间里跑出来,问怎么了怎么了。

阿爸说:"不知道怎么回事,有一只蛤蟆来家门口了。"

阿妈说:"来蛤蟆是好事。你就当是好事,就当是爷爷奶奶来看你了。"

我还是止不住战栗,汗水浸湿了衣服,像冬日被丢进湖里,再被捞起来。阿妈急了:"你怕什么呀,啊?你说你怕什么?这有什么可怕,你到底在怕什么,你说!"

我不知应当如何回答她,只是愤怒地死死盯住她的双眼。阿爸紧紧把我抱在怀里,不停拍打我的背,嘴里念叨着:"怎么办啊,怎么办啊,我的妹妹。"

我姐被吓慌了神,站在一旁一言不发。

阿妈来拉我的手,说:"你这样我们怎么办?你就告诉我们,我们该怎么办?"

一直到现在,我都分不清她是着急,是关切,还是责怪。只是当时我奋力甩开了她的手,大声说:"你走开!别碰我!"

阿妈急了,她喊道:"我欠你的!我欠你的!至于吗?啊?我问你至于吗?"

我说:"你为什么这么讨厌我!你为什么要打我!你说!"

她错愕地呆住了,立在旁边。她说:"你当真记恨我这么久?"

"是!"

"小时候的事了,你还记恨我?"

"对!我恨你!我恨你!我恨你!"

"那你要我怎么办!"

我姐骂我:"你怎么回事!我们欠你的吗?这几天来都围着你转,谁也不敢乱说话!是我们欠你的吗?你要把妈气死你才满意吗?"

"那我去死!我死了你们都解脱了!"

血冲上脑了,我战栗着,咬着牙,咬得咯吱响,挣脱阿爸,夺门而出,越过那只蛤蟆,冲进黑夜里。我不知道是阿爸先出来追我,还是阿妈先出来追我,只记得没出门多远,我就跌倒在那个寒凉的夜里,晕了过去。

醒来的时候其实也没过几分钟,我看到阿爸抱着我坐在沙发上,阿妈在旁边哭,我也哭了。哭着哭着,我姐也哭了,阿爸也哭了。那个夜晚,平静的村庄里,我家小小的瓦房里,四个人都放声哭了出来。

第二天醒来,我情绪稳定了很多。阿妈守在床头,端着一碗红糖鸡蛋，她眼睛红红的，她说："妹妹，是阿妈对不住你。"我又哭了，可我不想让她看到我的脸，用被子蒙住头啜泣。阿妈轻轻抱住被子，一下一下拍打我的背，一直说对不起。她说："有的时候，阿妈也不知道该怎么做，妹妹受委屈了，阿妈对不起你。"

我哭了很久，才伸出头来，问她："阿妈，为什么你从来不打姐姐？为什么每次都是我？每次丢东西是我，惹你烦也是我。"阿妈说："因为你姐从前比你学习差、比你矮……她一直很自卑，并且总觉得你阿爸偏心你，我……哎……"

这算什么理由？每次被打完了没一个人站在我这边的感受、自己在黄昏的草垛子里放声大哭的感受、在学校被同学打了也不敢说的感受……这些种种，到底是谁的错呢？或者说，每个小孩都是这样长大的吗？我不知道。

那天我没有再继续逼问阿妈。

事实上，我们没有敞开聊，也没有彼此沟通心意，但是不知为何，那一次世纪争吵全家痛哭过后，我家的氛围和谐多了。

由身到心的康复，每一步都是艰难的。在康复的那段时间里，爸妈不敢太轻，也不敢太重，小心地处理着我们之间微妙的关系。

为了让我多换环境，他们尝试带我重回森林，去做小时候常做的事，带我去县城新修的公园，能看到整个湖泊，我们每晚都一起看电视，在十点之前睡觉。

有一次去散步时，阿爸对我说："妹妹，那天赶到医院，看着你像个憨包一样眼睛不知道看哪里的时候，阿爸和阿妈都没有想到你还有能恢复的一天，我们已经准备好，就把憨包一样的你一直带在身边照顾了。"

阿爸是油皮，古铜色的皮肤。我们爬了许多台阶，他出了不少汗，头发贴在脑门上，夕阳把他的大油脸照得闪闪发亮。

那天他是笑着说的，我当时没好意思哭，又觉得"憨包"这个词实在好笑，夜里却在房间又哭了。我听到心里有一些东西土崩瓦解，却道不明它们都是什么。

我今天写到这里，又一次哭了。好像也不是哭所谓父母对孩子无私的爱，也不是哭曾经有过的种种艰难时刻，就是觉得，爸妈也在笨拙地成长，爸妈也在不断地充盈他们的内心，他们在努力尝试去优化自己的方方面面，学习怎么去爱人，真的太好了。"具体地去爱人"，这真的是一个非常非常难以习得的能力。

父母当然不是一下子变成这样的父母，我也不是一下子变成这样的女儿，我们都在慢慢去体验着人生，去调整自己和家人的关系。但还是很感谢我的父母，让我今生有机会享受哪怕只一次这样的亲子关系，即便来得不早，但也不算太晚。

一直到今天，我们都没再提起过那个争吵的夜晚。

阿妈打工记

我的阿妈二〇二二年十二月满六十岁。她有两个姐姐一个妹妹，还有老幺是个弟弟。这个家庭组合就不难猜出这家四姐妹过的是什么日子，整个家的中心都围绕着弟弟，甚至阿妈长大了，生崽了，变老了……依然摆脱不了这样的惯性。

在六十岁以前，阿妈最勇敢的事就是用半个白面包子换了阿爸的野菜粑粑，然后在和乡中学的一个老师定亲之前，和阿爸私奔。结婚第二天，奶奶就过世了，没有棺材也没有钱，阿爸和叔叔变卖了家里所有能卖的，又借了些钱，把老母亲安葬。没多久，小姑又病逝了。

此后长达十年的时间里，父母都只能干农活儿求生计，家里的嘴太多，两人真是吃尽了苦头。直到后来阿爸算是争气，憋着一口气考了民办教师，又读了函授大学，日子才慢慢好起来。

他们不能说是神仙夫妻，但至少事事都是有商有量。两口子把几个叔叔和我们两个孩子都供出来以后，日子就更不愁过了。自从我和姐姐都工作以后，我们就提出阿妈不要再做活儿了，身体慢慢会受不了。

最近几年，同村的妇女流行相约去打工。我们鼓励阿妈去外面上班看看，体验一下，她退缩了。

一开始是对出去城市上班的同龄人嗤之以鼻，觉得她们不顾家庭，不算"贤妻良母"；后来又认为，如果地没有人种，那就是忘本；再后来，又说我们就是都嫌她没有文化，没有接触过外界，所以才一直撺掇她……

我们都明白，她害怕。她无法直接言明自己对于小村庄之外的恐惧，尤其是在到过几次我们生活的城市之后，呼啸的车流和普通话让她觉得害怕。过年唱山歌的时候，她是最得意的，别人都说"三姐唱得最好"，阿妈的脖子红红的，眼睛里流动着星河。但提到外面，她害怕了，她的眼神变得黯淡，用一种强撑着的"体面"，来拒绝和揣测着每一个家庭成员的想法。

她吃了很多苦，她被枷锁压了这许多年，在我们意识到自己的枷锁之后，无数次想把她的枷锁也卸下来，但她激烈地抗拒，伤到我们也伤到自己。

阿妈对于外界的排斥太过剧烈，我们一直觉得她也许永远不会走出村子了。

阿爸退休的时候叫了亲朋好友来家里吃饭,我很内向,向来不咋和长辈交谈,但想搜集写作素材,想知道她们都在想什么,于是红着脸和孃孃们拉了一天家常。阿妈很高兴,她觉得我长大了,于是也坐下来一起聊天。

我问:"你们平时都在想什么呢?现在最想要什么?"

大部分孃孃的回答就是收成呀,收购价呀,有没有化肥补贴,孙儿会不会去镇上读幼儿园之类的。聊着聊着,她们放开了许多,开始聊男人和女人,开始聊哪个村的谁谁谁最帅,却是个衰佬,在家打老婆之类的。

可她们还是没人说现在最想要什么。仿佛"要"什么,是一件很大的罪过。

直到我四婶意识到了这一点,她张开标志性的大嘴,皱起画过的眉毛,把潦草的鬈发抓了几下,大大的银色耳环在颈间晃动:"你们根本没回答人家的问题!人家问你想要什么。我来说,我就想要钱,想多赚点儿钱,想去北京玩!"

四婶是这波姐妹中第一个出去打工的人,以前她因为嘴巴大,有点儿龅牙,皮肤黑,又是外乡嫁进来的,总被人叫"猴子"一类的外号。自从她去打工,气质发生了天翻地覆的变化,也是接近六十岁的人了,因为皮肤白了许多,又稍微搭配了一下服装,坐在这群妇女当中,时髦得格格不入。

我其实一直没少听别的嬢嬢婶婶讲她的闲话，编派女人，人们就爱说性相关的事，四婶自己也知道，至少她表现出来的是完全不在乎，自己该出门还是出门，该打扮还是打扮。

但就在那一天，或许是天气刚刚好，又或许大家都喝了酒有点儿高兴，又或许是第一次有年轻的下一辈女性突然闯入这个妇女闭环里打乱了秩序，总之气氛变得非常热烈。大家接着她的话七嘴八舌地说了起来，越说越离谱，还有一个婶婶开始开黄腔，一大群人笑得前仰后合。

我小心翼翼看向阿妈，观察着她的反应。她一开始并不是很想听我把话题带到"要什么"上，但后来，她的眼睛渐渐发亮，她看四婶的眼神从旁观变成了观察，再后来也跟着一起闹起来，就像过年唱山歌的时候一样。

当天晚上，我和阿爸、姐姐说："要不咱们再鼓励鼓励阿妈。"

三月，阿爸带着阿妈找到了第一份"工作"——在四婶工作的水果销售公司里做采摘和装盒工作。具体安排到阿妈手上的工作量跟无休止的农活儿比起来，那可真是轻松多了，还直接和舅舅一家进行了物理隔离，减少了很多不必要的体力劳动和操心。

一开始几天,我们打电话去慰问,她恋家得不得了,总说睡不好、吃不惯,记挂家里的狗子和鸡鸭。阿爸说:"我都退休了你还操心啥,这么多年跟着你干活儿又不是白干的,我什么都会,什么都能做,你放心工作。"

过了一段时间再给她打电话,她的语气变得轻快起来,像小孩子一样分享着种种见闻:第一次独立寄快递,第一次请姐妹唱K,第一次完成银行转账,第一次凌晨三点去烧烤摊喝酒……

阿爸每周去看她一次,姐妹们总是笑她老了老了还像热恋似的。她一开始很生气,后来渐渐得意起来。

我打电话时问她:"阿妈,打工好玩吗?"

她说:"好玩,等蓝莓过季了,我就回家栽万寿菊。"

我以为她又害怕了,正想鼓励她,她接着说:"万寿菊栽好就交给你爸看管,我们姐妹就要一起去别的公司了,她们说那边城里更好玩,还能看恐龙。"她所说的恐龙,其实就是那种公园里的塑料模型。

跟着她又顺便问了我朋友麦子的消息,我说苦逼的她还在加班。她接上话头:"我们加班一小时十七元,当场加当场结。"

我说:"麦子加班没有加班工资的。"

她拿着电话沉吟许久:"加班没有加班工资,那不是旧社会做苦工吗？"

我不知道怎么回答她的问题，或许不回答也好，剩下的未知世界，就让她自己去探索吧。

阿妈的第二次打工生活在二〇二二年九月告一段落。

上一次在蓝莓直播间做包装员的工作时，家里的圆白菜和万寿菊丰收了。今年蔬菜价格很差。阿妈不太想放弃包装员工作回家收蔬菜，可想到菜烂在地里，总觉得心痛，于是还是回家了。好在公路一直修到田地间，收获的过程比从前快了许多。

丰收过后，阿妈又找到了新工作。这一次的工作是她自己去找的。她和七八个上次打工相识的孃孃一起，去参加了第一次非正式的"面试"。

距离我们寨子大约一百公里的一个大寨子，是镇上的产烟大户，每年到了烤烟季节，就需要大量人手。也并非有手就行，得技能达标才能打上这份工。

"第一次一窝人地站在坝子上像洋芋一样让别人挑拣，还真是不好过啊！从前你和姐姐找工作，一定受了很多罪。"

她是年纪最大的应聘者，别人大多是四五十岁，就她一个"六"字开头的，她说其实当时有点儿退缩了，但结果还算顺利。阿妈之前有很丰富的拣烟经验，所以很顺利地应聘上了分拣员的工作，日薪比其他流程的工种高出二十元。

所谓拣烟，就是给烟叶按照标准分级。从前家里种烟的时候，她时常带着我在外婆家的阁楼里拣烟。刚烤出来的烟叶一阵呛味，她习惯用头巾把脸包住，只露出眼睛。

我很喜欢闻那种焦香的味道。有一回，烟叶刚抬出来时就不知天高地厚地猛吸一口，肺部猛地被干了一拳，从此彻底对烟叶再无好感。

但家里前一年没有种烟叶，并且那个地方没有她很熟的人，我还是很担心。在她去上班之后的几天，我每天都问她一下："还习惯吗？废腰吗？身体受得了吗？吃得好吗？同事好相处吗？"

她直嫌我啰唆，次次挂电话都快得不得了："吃得好着呢，每天都有一个猪肉，其他时不时一个鸭肉或者鸡肉，要不就是鱼，主人家还给我们买糕点吃呢，好和善的主人家，怎么会有这么好的人！"

这就是她的语言风格——"怎么会有这么坏的事""怎么会有这么倒霉的老板""怎么会有这么好的人"……听着她语气兴奋中带着感叹，大概率是真的遇到了不错的雇主。不过上班嘛，肯定会有烦心事的，有一回她说漏嘴。"主人家说下次让我直接来，结果给某某听到了，她就不太高兴。"她语气停顿了一下，"没事的，下次不和她们一起就是了，我会干的活儿多着呢，不愁找不到事做。"

我本想用我不成熟的办公室经验安慰她一下，最终也没有。如果人生终究要有烦恼，实实在在地愁打工的烦恼，总比自己胡思乱想，愁孩子、愁老公、愁亲家的烦恼好一些。自从她爱上打工，我们就没有再产生过争执，她管自己都管不过来，没心思再操心我的人生。

烤烟季节很快就要过去了，结算工钱那一天，她就先回家了。当天傍晚她很高兴，主动在家庭群里说："领了六千多块钱呢！好多啊！"

当初，她没具体说多少钱一天，我想着农村里包吃包住不加班，应该不会太多，没想到算下来，竟也有一百二十元一天。

"是真的很多啊，阿妈！很多年轻人都没有这么多工资的，你真的好厉害。准备怎么花呀？"

"存起来。休息几天，换个地方再去。"

要说打工带给阿妈什么，我会说"参与感"。蓝莓直播间的工作让她接触了直播卖货的概念，倒不是说她一下子就能直播带货到达人生巅峰了，她也未必晓得背后一整个链条上的所有环节，但是她知道了这一切是如何发生的，货物是如何从田间地头流转到消费者手中的。这一次当拣烟员,她又真正体验了朝九晚六吃食堂的生活,明白了"外面的"现代社会究竟是如何运行的。

从前我们共同语言不算多,说不到一起去,她动不动就是举案齐眉、兄友弟恭、父慈子孝、手足情深大过天,一套套的,她说得累,我听得烦。现在打工生活和吃喝玩乐填满了她的脑袋,她已经记不清那些一套一套的东西了,一门心思只想把钱存起来,存在自己的账户里。

不夸张地说,她"皮都展开了"。真的;现在她整个人,从肢体到表情,肉眼可见地舒展开来,亲眼见证她一点点的变化,我是真的好高兴。

阿妈的渴望

阿妈的生活发生转变之后,我曾几次和阿妈对话,试图问清楚她现阶段的渴望和追求。阿妈一直很排斥这样的话题,不知道是因为她不敢说出真正的想法,还是因为她根本就没有什么清晰的想法。

有一次我问她:"你有没有想过,如果当初你不是和阿爸结婚,而是和那个乡里当老师的人,或者你离开村子,去外面打工,你的人生会不会少吃一些苦?"

这可把她激怒了,在她看来,我提出这个问题就是大逆不道,在全盘否定她的人生,并且在挑拨她和阿爸的关系,即便当时只有我和她两个人。

是的,我和阿妈很难达到真正的亲密,所以也很难去以两个成熟女性的身份面对面地讨论这样的问题。她板着脸,有些气急败坏地回应道:"如果我不嫁给你爸,还会有你和你姐姐吗?你的意思是我嫁你阿爸嫁错了?你不想做我们的孩子？"

我本想顶回去，这完全就是在偷换概念。但我已经过了顶回去的年纪了，我安抚她，解释了我的动机："我只是想知道关于你的更多的事，我想了解你，了解你心里的想法而已。"

她撇撇嘴："我没什么想法，你也别问了。"

我不想对话就在这里停止，这只会增加我们之间的距离，所以我觉得我有必要再说得更清楚一点儿。"我不是以你的女儿的身份问你，而是以一个女人的身份问你。我也有婚姻，也组建了家庭，我对婚姻也会有感受，我想从一个女人的角度出发，问一问生命里和自己最亲的女人，对于婚姻选择的感受，这么说的话，你可以理解我吗？"

她思考了一下，面色缓和起来，面子上却依旧挂不住，她匆忙地收起手里在整理的针线："没什么好感受的，这都几十年了，也不可能回到过去，说这些没意思。你和你自己的老公好好过日子，这就是最好的。"

这无疑是一次失败的对话，我们都没有得到正面的反馈，反而把我们之间的关系推远了一点儿。但我已经习惯了。忽远忽近，这就是我和阿妈。

于是我选择不再对话，而是细心观察，观察她的情绪，观察她和别人的对话，观察她所做的事情。我花了挺长时间，频繁地回家和她同住，快吵架了就离家，过几天又回去，如此反复了两年左右吧，我好像开始搞明白阿妈内心的渴望了。

最明显的一点就是，她很渴望大家庭的生活。

和我相比，她对于家庭有着极大的眷恋，尤其是自己的家庭。她真的很渴望和姨妈、舅舅等她的兄弟姐妹们保持亲密无间的关系，她希望一家人可以经常聚在一起，可以事无巨细地互相分享，可以互相依赖、互相信任，最好每天都能打打电话，这样她就会开心很多。

可事与愿违，兄弟姐妹们和她的想法并不一样，尤其是最近一年来，大姨妈和其余几人之间闹了好几次矛盾，阿妈在其中做了很多调和的工作，但大多是无用的，有时候还弄巧成拙。比方说自己拿了几万块钱给二姨妈，说是大姨妈家入股一起种三七，实际上大姨妈根本没打算这样干。又或者把小姨的外孙女接到舅舅家去玩，结果舅舅的儿媳并不欢迎……阿妈很受伤，她的努力是徒劳的，她花了很长时间才接受每个人的想法都不一样，她想要的生活和她们想要的，现如今很难达成一致了。

村子里的经济一直在发展，信息化的世界使得人变成一个一个的人，不再是一群一群的人，可她是那么渴望获得一种快乐，一种不论是一个人还是一群人都能达成的快乐。但她也明白了，这已经很难实现了。

除此之外,阿妈还很渴望获得两个杰出的孩子。

但我不知道,在她心里,究竟怎么样才是杰出的。她既希望我和姐姐婚姻美满,三年抱俩孩子,跟婆家和和气气,经常带着丈夫和孩子一起回家,门前停满我们开回家的车,路过的人都知道女儿带着孩子和女婿回来了。哪怕这样的热闹只是片刻,哪怕过后她和阿爸也许需要收拾很久的屋子,哪怕她需要准备好多红包给来家里凑热闹的亲戚的小孩,她也很渴望这一幕的出现。

为难的是,与此同时,她又很渴望我和姐姐可以飞黄腾达,周游世界,做常人难以企及的工作,获得非一般的收入和声望,最好是比村里最厉害的人还厉害百倍,最厉害才好。且与之相比,她更渴望我们的丈夫们可以飞黄腾达,最好是当村里人有求于我们之时,只需女婿振臂一呼,就立即有千军万马回应……

这两种她所渴望的场景,实在是很难同时出现。如果要相夫教子,长伴膝下,又怎么能飞黄腾达,周游世界?对于女婿的期盼嘛,倒也不是不行,可我们也没有这个实力找回那么不一般的女婿呀。

看看现实,我辞掉了她引以为傲的电视台工作,干着一份朝不保夕的写作工作,运气好的时候版税多一些,或者卖个版权什么的,运气不佳时,还不如在家种地;姐姐更不必说,她已经彻底躺平了,辞掉工作,打打零工,工作一周,休息一周,只要还有钱吃饭,就不焦虑明天。自然了,我们的丈夫也不算人杰,甚至因为承受不了进山的道路,每回都晕车,吐得七荤八素,不敢再同我们一起回乡下。

阿妈的这个愿望,算是彻底落空了。有时候细想想,也许在别人吹嘘自己的孩子多么优秀时,她也是寂寞的吧,她那么要面子,我们却一点儿面子也没给她争回去。

那阿妈的渴望到底有没有一件是实现了的呢?也许还是有的。

她渴望和"别人"建立一些联系。

在亲情上没能达到理想中的状态时,阿妈开始尝试和别人产生联系,因为她的行事作风,这件事推进得有一些困难。这不能怪别人,但也不能怪阿妈,怪只怪,阿妈已经习惯了言不由衷,很难突然之间变得赤诚,再者,对方其实也并不那么地真诚。

真诚是很难寻找的,不管在城市还是在农村都一样。付出真心的人往往更容易被占便宜,剩下的人则互相比较,互相提防,虚与委蛇地交往着,即便是寂寞得想把所有真心话和盘托出,又怕对方会在某个时刻用它们来伤害自己。

阿妈不知道,她的渴望是每个人的渴望,也是最难以实现的。

写着阿妈的渴望,写着阿妈的困境,我无力地感受到,阿妈的人生没有坐标,她自己也不知道她想要成为一个什么样的人,也许在她的少女时代,没有一个同性别的先例可以作为参照和榜样,以至于她的未来是如此地面目模糊。有时候我会想,每个人的结果都能从养育上找到原因吗?似乎也不尽然。回望自己的人生,如今的我,只有一小块是父母养育的结果,其余更多部分是我的人生经历带来的,那么阿妈应该也一样。

我的经历注定我并不能成为一个十分美好的人,而她的经历,比我的更贫穷、更贫瘠、更狭隘,她的渴望,也许只会比我的更难实现。令人悲伤,却无法改变。

我只能祝愿阿妈至少是健康的。至于快乐和满足,我们都在等待和寻找,也许有一天可以真的找到吧。

姐姐不喜欢我

我的姐姐出生于一九八七年十月。我们之间有三岁多的年龄差。

她不喜欢我,这件事我从小就知道,我也不喜欢她,所以我们总是打架。她不喜欢我,因为我没有同龄的朋友,总是要跟在她后面,她和她的伙伴去做什么我都要跟着去,这让她感到厌烦不已。

再者,大人们总是会用"你是姐姐,你要"来开头——"你是姐姐,你要让着妹妹。""你是姐姐,你要多干点儿活儿。""你是姐姐,怎么个子还没妹妹高?"尤其是个子相关的话题,每当我们走在一起,成年人们想寒暄两句时,就会自然而然地选择"姐姐还没有妹妹高了"。

我能够感受到姐姐对这些话语的厌烦,也能感受到她顺带对我的讨厌。因为她讨厌我,所以我也不喜欢她。

姐姐很会阴阳怪气,而我又很容易被激怒,文斗最后就会升级为武斗。我们的战斗总是以我先哭为结局,她虽然个子矮,但是套路多,我总是在战斗中处于下风。尤其是当她频繁地使用言语攻击时,我的迎战能力显得更弱了。

举个例子,姐姐去镇上读初一时,我还在汉族"完小"读四年级,她开始接触英文了,而我对字母一无所知,这让她的阴阳怪气能力整整上升了几个台阶。我们吵起嘴来时,她会环抱着双手,鄙夷地看着我,极尽讥讽之能,摇头摆尾地说"Sorry"。

我不知道"Sorry"是什么意思,但是看着她的样子应该不是什么好词。看我一脸不解,她十分得意,拖长音调,表情更夸张了,再度重复"Sorry"。

这时候我就会选择武斗,我们打斗的声音引来了父母。了解来龙去脉之后,阿爸说:"我不管你们是谁先开始的,但是你先告诉妹妹那个英语是什么意思。"

姐姐的神情看起来十分不屑:"Sorry,就是对不起啊。我都说对不起了,她自己要打我的。"

我更生气了,跳起来就要决斗。这时候阿妈就会开始发飙:"姐姐说的对不起,她已经道歉了,不准再打!"我肯定是不服的,于是我们的战斗又一次以我挨打和大哭收尾。

此后,每周她从学校里回来,就是我的受苦时间,因为她掌握了英文武器,不可能不对我使用。

"Apple……"

"Bike……"

"Ba—na—na……"

她的绝技越来越熟练,每一个单词,她都说出了绝世脏话的神情,怎能叫我不怒。战斗愈演愈烈,到了最后,我们甚至已经无法在一张桌子上吃饭了,更无法在一张床上睡觉。

可是我们不得不睡一张床、盖一床被。睡觉时,姐姐不允许我接触到她的任何部位,尤其是我的屁股。一旦我的屁股不小心碰到她,必将迎来奋力一击,或者是更加阴阳怪气的"Good Morning"。

为了保全自身,同时也为了不再触发她的英文攻击,我只能紧紧靠着床边的木墙板,争取不要把屁股碰到她的身上去。

可以想见,当我发现姐姐非常恐惧一首叫做《你看你看月亮的脸》的歌曲时,我简直像发现了封印恶魔的魔法!

这件事说起来十分滑稽。当时小五叔已经在读师范一年级了,他在学校里学会了很多流行歌曲,齐秦、王靖雯、老狼、张雨生……每次他从学校回家,我和姐姐就会缠着他唱歌给我们听。叔叔的唱功一般,但是鉴于我们没有更好的收听条件,所以在我心里,他的歌声一直是天籁。

有一天下午,阿妈让小五叔带着我们俩去把地里晒好的麦子拢作一堆,好在隔天打麦子。在田野里,小五叔照例一首接一首地为我们演唱他最新学会的流行歌,我们三个各自做着手里的活儿,不知不觉一轮弯月就挂在了天边。

这时,小五叔突然唱起了一首风格和其他歌曲截然不同的歌:"你看,你看,月亮的脸偷偷地在改变,月亮的脸偷偷地在改变……"

我觉得这首歌美极了,停下手里的活儿抬头看着月亮,余光发现姐姐也在看月亮。我正准备不自量力地挑起事端,就发现她"哇"的一声哭了起来。

一起长大的过程中,小五叔早就习惯了我们俩莫名其妙的哭泣。他对着姐姐说:"你要是累了就先回家吧,或者在田埂上坐着等我们也行。"

这可是我难得的出击机会,于是我学着她的样子,阴阳怪气地说:"累了就回家吧……"

没想到她不仅没有打我,还哭得更大声了。她跑到小五叔的身旁,蹲在他的脚边:"你不要唱这首歌,你不要唱!"

小五叔一脸错愕,"什么歌?"

"你不要说月亮!"姐姐几乎咆哮起来。

我抬头看看月亮,又看看她,心里本能地担心起来。

她可很少有如此脆弱的时候。就连她数学考三分,阿爸骂她"不好好读书,长大了只能睡猪圈"时,她都没有哭,而是收拾自己的书包真的去猪圈,在猪身上睡了一夜。

眼前的她哭得如此大声,身子也缩成了一团,我反而不知道该如何讥讽了。

小五叔把她抱在怀里——就像抱着一捆麦子一样。

"好了好了,不要哭了,我不会再唱了。"

我很疑惑地问道:"你是害怕'你看,你看,月亮的脸偷偷地在改变'吗?"

我的话音还没落,她哭得更厉害了,小五叔赶紧叫我闭嘴,背着她回了家。

一直到现在,我也不知道她为什么那么害怕这首歌。但这绝对是我们敌对生涯的一大转折点——我终于从武斗学会了智斗。

每当她阴阳怪气即将开始,我就"你看,你看,月亮的脸……",她就会立刻逃离我的视线。

每当阿妈让她和我一起去晒牛粪而她不想去时,我就"你看,你看,月亮的脸……"。

每当我的屁股不小心碰到她而她准备揍我时，我就"你看，你看，月亮的脸……"。

每当她从袋子里挑走了比较大的香蕉，给我留下烂香蕉时，我就"你看，你看，月亮的脸……"。

这首歌就是我的再生父母，它彻底结束了姐姐对我的压制。

但是好景不长，姐姐的智慧在升级。她很快就找到了治我的办法。

在讲这件事之前，首先我得讲一下香蕉在我们生活中的重要性。我们采购生活物资主要靠一周一次的赶集，从家里走路到赶集的地方大约需要两小时，每次父母去赶集，首要选购的就是生活必需的食物，像香蕉这样从外地拉到集上的"不必要"水果是昂贵的，尤其是它还不易保存，所以即使偶尔买，他们也只会买几根回来。

回到家的香蕉首先就会进行分配，我和姐姐一人一根，各自保管，各自享用，互不干涉。姐姐每一次都是一口气把香蕉吃完，为了提防姐姐吃我的那根，我不得不把香蕉藏在阁楼上——阁楼很黑，老鼠也很多，她怕鬼，不敢上去，我的香蕉在纸盒子里非常安全。

有那么一回，我俩一起去放鸭子。姐姐带了一个米饭团子做晌午饭，而我，带上了我宝贵的香蕉。

那一天风和日丽，天朗气清，鸭子们乖乖地在河沟里觅食。姐姐很快吃完了她的饭团，蹲在田埂上无聊地扯草，我就在这个时候拿出了我的香蕉。剥开香蕉皮的那一刻，我承认我的心里有一点儿小得意，于是我拿着香蕉，故意走到她面前，迟迟不下口。姐姐终于注意到了我的稀有物品，她白了我一眼，似乎并不在意，然而就在我准备下口时，她对我说："我知道一个新游戏，你敢不敢和我玩。"

她的激将法对我总是管用的，我欣然答应。

"从现在开始，我来演妈妈，你来演女儿，你敢吗？"

那还用说！我当然敢了，于是点点头。

"好，现在你对我说：'妈妈，这根香蕉有点儿苦，你来尝一口。'"

那时，急于表现的心已经冲昏了我的头脑，我大声地喊出来属于我那命运的台词："妈妈，这根香蕉有点儿苦，你来尝一口。"

说时迟，那时快，一根香蕉顿时少了半截。

反应过来的我张大嘴巴，哇一声就哭了出来，恰好一位长辈路过，问她："哎！你怎么欺负妹妹？"

她吓坏了，拔腿就跑，剩我一个人既因为上当了而伤心，又因为一个人赶不过来鸭子而难受。直到天色擦黑，我才把鸭子赶回家，而姐姐却一直没有出现。

"姐姐呢?"阿妈问我,我把来龙去脉讲了一遍,又哭了起来。阿妈和阿爸对视了一眼,不仅没有安慰我,反而着急忙慌地出去了。

过了很多年以后我才知道,那天姐姐认为那位长辈一定会告诉家长,她害怕挨打,所以藏在邻居家的柴堆里,谁知道一藏就睡着了。阿爸了解姐姐,他知道姐姐一定会因为害怕挨骂不敢回家,生怕她出事,所以才会和阿妈一起出去找。

其实姐姐挨骂的次数并不算多。还没有生下我的时候,她和小五叔的关系就像我和她的关系,不同的是打架总是小五叔赢,挨揍的也总是小五叔。小五叔有一句专门用来对付她的经典台词:"你这样的,来一亿个我都能打赢。"

那时候,姐姐是家里最小的人类,全家人的关注点都在她身上。可是我出生以后,姐姐就变成了家里的老二。老二总是尴尬的,当时我不懂,长大后才懂了。

上了高中以后,姐姐就彻底离开了家,就像小五叔一样,他们都不再回来。我变成了家里唯一的孩子。

那段时间的我十分孤独,数年如一日,一个人在学校到家的路程中间来来去去。打电话对我来说也是贵的,我和姐姐几乎半年才见一回,一开始我会给她写信,但她总是不怎么回信，我也就不再写了。也就是那段时间，我的性格变得越发孤僻起来。

再后来，我也去城里上了中学，我们之间的距离就更远了，所有对她近况的了解都来自父母的转述。长久的分别之后，我得知姐姐考上了大学。

姐姐是村子里第一个女大学生，我觉得她真了不起。当时我不知道自己能不能考上大学，我对数学的理解一塌糊涂，理解不了空间问题，几何和抛物线对我来说就像一团墨水。尽管天各一方，但是那一天我们全家人都非常高兴，爸妈说等我放假，一家人团聚，就杀鸡庆祝一下。姐姐自己却似乎并不高兴，还因为我们的欣喜而不快——"又不是什么好学校，有什么可庆祝的。"她说。

高考结束以后，姐姐也没有回家，所以我们并没能团聚庆祝。她在省城找了暑假工，攒下了自己大学第一年的生活费。读大学以后，姐姐就更少回家了，即便过年，也是大年初一才会回来，初三就走，她说春节假期间打工的工资比较多。阿妈不愿意她总是来去匆匆，不让她再打工，她却执意如此。从那时起，我能感觉到回家对姐姐而言变成了一项任务，而不是主动的选择。外面的世界也许更自由、放松和快乐一些。

那时候我当然是不理解姐姐的，我不知道是什么把她变成了这样，其间我们发生了几次争吵，主题都是关于和父母相处，她觉得我管得太宽，而我觉得她太过冷漠。我觉得上大学那几年，是姐姐最不快乐的几年，至少在我的印象里是这样的。

大学毕业以后，姐姐一直在做一份导游的工作，依旧不怎么回家，也不怎么联系家里人。阿爸和阿妈有一段时间因为这件事非常焦虑，可他们越是主动联系姐姐，似乎姐姐就越不想和家里联系。

等到我们之间自然而然地再次熟络起来时，姐姐已经是一个二十六岁的大人了，那时我才窥探到她生活的一小部分。她不谈恋爱，也不存钱，不买房子，不买车子，但也并没有买什么很昂贵的东西，她的收入大部分都用在了吃饭上面。她喜欢吃饭，就算是自己一个人，也要去下馆子，点三五个菜，吃不完从不打包，付了款就走。

其实我完全不知道姐姐一个人在省城上学、工作那十来年的时间当中究竟经历了什么，也不知道姐姐的心里在想什么。我曾经试图通过我自己的成长轨迹去猜想她的心理活动，但一切都是徒劳。

那时候我觉得，天天打架的时候我们反而是近的，长大以后，我们就远了。有的时候我觉得我们之间的距离是因为吃苦太多——不管我吃了什么苦，姐姐只会比我吃得更多。

我还是很伤心,不希望和姐姐变得疏远。有一段时间,我经常和姐姐说我的心事,或者问姐姐的生活,她都是淡淡的、客气的、保守的。我觉得她的人生里有一块特别大的模糊地带是我无法走入的禁区,我多想知道那里面有什么,可姐姐始终没有开放过那里的大门。

疫情之后,姐姐失业了,收入一落千丈。阿爸和阿妈时常打电话和我说"多问问姐姐,多帮帮姐姐",姐姐却从来不提自己的困难。写到这里,我意识到不管是姐姐,还是小五叔,他们都从来没有向家人诉说过和困难有关的事,想到这里,心里有些难过。

我也不知道难过的具体理由,究竟是那时候家庭的贫穷和父母对外处事时性格上的羸弱让我们觉得人生没有安全感,还是说我只是单纯地在难过我们之间难以挽回的疏远。

我不明白我自己,就像不明白姐姐。

二〇二三年,姐姐突然通知我们要结婚了,随后很快带回来一个小她十一岁的男孩,和父母商议婚事。她希望越快越好,父母就依照她的意愿仓促而快速地安排好了婚礼的一干事宜。婚礼前夜,我去她的房间贴喜字,她在床上刷小视频,我问:"镜柜要贴吗?"她说:"随便,随便弄弄就行了。"

整个婚礼的过程就像是一次集体活动，姐姐只做了自己"应当"做的部分，其余时间大多在玩手机。婚礼一结束，她就和姐夫一起回省城去了，临别时父母在她的背包里放了一摞钱，她又拿出来塞给了他们。

"办完客[1]你们还剩钱吗？"她问。

父母告诉她除去所有成本还剩一些，她说："那就好，你们自己收着吧，只要没亏就行了。"

我能感受到这场婚礼对于姐姐来说就像是一种任务，不是说女人一定要出嫁的任务，而是她似乎在用这个方式弥补父母因为别人结婚而花出去的钱。这么说感觉很古怪，可我想不到更好的形容。农村就是什么神奇的理由都可以办客，我们虽然身在外地，成年之后，人家也是把我们单独作为一个客人而邀请的，父母就需要为我们而给礼金。而我们家唯一收回礼金的机会就是两个女儿结婚。

姐姐结婚以后，我们的话题就更少了。我很想念姐姐，但除了问候身体和工作之外，其余的话题不知道该从哪里开始。

在很多意识流淌的间隙里，一想到姐姐，就总是会想起小学二年级的那个夏天，放学的时候雨特别特别大，同班同学一个接一个被家长接回家，我一个人在教学楼的屋

---

[1] 办客，云南方言，指举办宴席。

檐下哭，泪水婆娑中我看到从雨幕里走过来一个小小的人，她手里撑着一把巨大的黑布伞，是我的姐姐。

姐姐背着我，我撑着大伞。雨水浸到姐姐的腰部，可是她始终没有把我放下来。

第四章

女性乡邻的故事

黑甘蔗

二〇二二年没在昆明晒黑，倒是在重庆黑成了一根黑甘蔗。

"你刚生出来的时候就像一只黑色的小老鼠。"我阿妈经常这样说。每每此时，阿爸就会说："还是更像一截黑甘蔗。"

我把黑甘蔗这个词一直记在心里，却一直没见过。直到有一年过年，父母的一位朋友送来一根长长的黑皮甘蔗，我才知道："哇，我刚生出来竟然是这副德行！"

云南的少数民族很少有白的，一方面是基因所致，一方面是经年累月的户外活动所致，所以在学校照大合照时，一眼就能被辨认出来。当时没有"黑的白的都是美的"这样的概念，黑让我们窘迫，让我们自卑，让我们急于捂白，来让身上的土气随着黑色素慢慢褪去。

我也不知道自己是什么时候突然变白的,前年我回家过年的时候,阿妈在田里突然拉住我的手。"妹妹你在城里养得好白,真是太好了,阿妈一直以为你不会变白了。真嫩啊这手,真好。"

现在时代完全不一样了,审美变得多元,网络把一切串联起来,民族特色从官方到民间都变成了一个卖点。前几年不常见小一辈的孩子穿民族服饰,这几年也常常能见到了。

"民族的"变成了一门生意,变成生意其实很好,文娱作品和网络促成了民族服饰产品的流通,养活了一小批绣娘。阿爸有一个远房的堂妹,就是靠着绣花的好手艺,把摊子折腾成了铺子,又把铺子折腾成了合作社。早些年好些辍学不读书了的姐姐们,有不少在合作社里挣到了钱。

可是从最朴素的情感来讲,挣到钱并没有让她们满足。每一年,确实是每一年,我们在镇上赶年集遇到,她们都会说:"你们回来过年啦,白了好多啊,一根沟(皱纹)都没有,真好。你们读了书真好,真清秀。你们见过大市面哪,和你们一比,我们好像憨包唷。"

她们总是直白地说出来,眼睛热辣辣地盯着我们的眼睛。我姐姐性格开朗,听完就和她们抱在一起哈哈笑。

我的脸腾地红到脖子根。我也没见过什么世面。什么算世面呢?

读了书,去过北上广,知道马克思主义、女性主义,能坐在电脑前打一排字出来,留在时间线上……这算见过世面。

识得镇上的鸟儿,并能绣出来,会唱十三种不一样的调子,能种二十种作物,知道什么花在什么时候开放,雷雨过后甲玛沟会长见手青……这也算见过世面。

可她们还是羡慕。其实她们羡慕的似乎也不是我本身,她们羡慕的是当年自己丢失的那个可能性。

早晨刚好在播客"别任性"听完了 Alex 在最近一期节目里分享的她个人对于"女权主义流派"的想法,我的思绪也跟着她去到了更远的地方。没想到一则关于"研究生毕业的农村女孩选择回村嫁人生子"的网络推送,一下就把我拉了回来。

高寒山区少数民族的女性读点儿书太不容易了,实在是不容易,以至于我们的集体烦恼还停留在"能不能读完高中"这一层。至于网上讨论的"好不容易考上研究生回去嫁 Tony[1] 背刺全体女性""导师以后更不会招女生了""一个人的退步就是集体的退步"……离我们太遥

---

[1] Tony,指理发师。

远了。

我文化水平和理论水平有限,说不出来太深刻的理论,我的人生经验也无法快速厘清高学历直接变现挣快钱究竟是比搞学术更好还是更坏。我只是本能地想到那些姐姐,想到她们用两只炙热的手掌把我的手握在中间摸来摸去。

我的手在她们的手里握着,就像一块软绵绵的白面,落在几截黑甘蔗上。

女人的歌

我的族人不论男女老少都有一个共同的爱好：喜欢唱歌。不吃饭可以，不唱歌不行。

现在族人已经不再拘泥于田间地头，大家像汉人一样参与到社会中的各个环节，穿汉人的衣服，适应汉人的生活方式。但不论大家怎么变化，只要听到熟悉的曲调、语言模式、发音方法，我还是能够在人群中一下子辨认出同族。

我一个人在家里待得无聊，约着家姐回乡下过端午。回乡中途经过一座城市，有一个开电器铺子的女老板，她低声哼着一首歌，我小耳朵竖起来，辨认出了那首歌——那是我从小听到大的歌，歌词是这样写的：

"没嫁人是别人的女儿，嫁人了是别人的妻子，生娃娃是别人的阿妈，我什么时候才是我自己……"

彝语差不多是这个音："ma huo nu shi a mai li en, pa

huo nu shi mai li en; awei, pa huo shi mai li en……"

这首歌实在是太过熟悉了,一下子把我拉回了二十二年前。

那是一个明媚的春天,马缨花已经开满了枝头,它不通知谁,就那样忽然地开得漫山遍野。干完活儿回家的山路上,两侧都是红彤彤的马缨花,开得又艳丽又霸道,山野间充斥着一种浪漫又焦灼的氛围,似乎在催人快些找点儿快活事,否则活得太寡淡了。

马缨花开的时候,村里出嫁、入嫁的女孩最多。就是马缨花开得最艳的那天,春里姐姐出嫁了。

春里姐姐只有十八岁,但是她嫁人了。我们觉得很奇怪,我以为她要读高中的,可是某天阿妈突然说:"明天嫁春里姐姐,今晚要洗澡,明天穿过年那身衣服去。"

洗完澡阿爸也从春里姐姐家回来了,他去"cha zhi",意思就是分配族人第二天在春里姐姐出嫁喜宴上的工作。阿爸作为当时唯二的大学生之一,又又又一次被选上了记账。阿妈则被安排去送嫁。

第二天一早还没六点,阿妈就出门了。接亲的队伍要从远处几十公里外赶来,浩浩荡荡一行人,用扁担挑着粮食、碗筷、香火、新被子、酒水、甜点。为首的还有四个人，他们用红色的木棍挑着一头猪，猪头上系着红色的布带。每个挑夫身上也都系着红色布带，新郎则整个都被布料裹成了红色，只露出一颗头，艰难地移动着。

他们会在中途与我阿妈她们会合，在山上你来我往对一轮山歌。新郎旁边跟着的空着手的年轻男孩们，就是为了这个步骤而精心准备的。他们必定是新郎寨子里最能唱、最能对歌的小伙子。

你方唱"金鸟银鸟飞起来"，我方对"落到枝头不识人"，对方又回"鸟儿回落为归巢"，我方又接"空巢何谓有家归"……如此几番却也分不出高低。太阳出来，热起来了，大家哄闹一气，便继续赶路。不同之处在于对方的挑夫可算松口气了，因为东西可以交给女方的迎亲队了。

只有新郎还是被一匹红色布料裹得严严实实。等午饭时间步行到寨子里的时候，新郎已经累坏了。他双手抱着红布带，大口喘着粗气，像一头累了三天的老牛。

一直到这时候，春里姐姐还是坐在房中。十来个姑娘穿得并无两样，接亲队伍并不知新娘是谁。怎么办呢？接着对歌吧！

小伙子们轮番上阵，小姑娘们不甘示弱。一来一回，似刀剑交接，又像雷鸣电闪；像布谷鸣春，又似雀鸟啼鸾。

老人们看得津津有味，偶尔还有对上一句的。我们小孩啥也不懂，只知道在一条又一条红布间钻来钻去，偷看大人抠脚底，偷听接亲的小伙子和送嫁的小姑娘说悄悄话。还有就是偷案上的饼干吃——饼干可不是天天能吃上的东西，我不仅吃，还要揣兜里，可想到是过年衣服不舍得弄脏，就摘了几片叶子包起来，再放在小兜里。

这场交锋要一直持续到下午两点左右，新娘子该启程了，否则天黑之前到不了新郎家。

我躲在门背后等我姐姐来找我，却听到春里姐姐在哭。她的阿妈和姨妈在帮她整理衣服，她却一直哭一直哭，什么也不说，只是掉眼泪，然后发出轻轻的呜咽声。

"嫁过去就会好了，谁不是这样过日子呢。"这是春里姐姐的姨妈说的。

"没关系的，归家了就好了，阿妈在家里等你的。"这是春里姐姐的阿妈说的。

春里姐姐还是不说话，一个劲儿地哭。两个长辈把她的新娘帽子使劲压了压，又用绳子绑了一道，说："路上别掉了。"

春里姐姐一边哭，一边出门了。接亲队伍一阵欢腾。小姑娘小伙子们一路走一路唱，一直唱到半途。

我觉得热闹极了，跟着阿妈一起坚持走到了半途。

送嫁的队伍就到这里了，再往后的路就是春里姐姐一个人和对方十几二十个人一起走了。所以在这个点上还有一个仪式,摔碗。

我也是长大以后才知道这个热闹的、疯狂的、透露着荒诞之美的仪式,对春里姐姐是多么多么多么地残忍。

接亲的队伍和送嫁的队伍,要一起把在新娘家吃酒用的碗筷酒杯尽数摔碎,把案上拿来的饼干尽数抛撒,把新娘家中带来的酒洒向天地。寓意拜会天地、众神、众灵,春里姐姐不能再吃娘家一口饭,不能再喝娘家一口酒,大家彼此作别,从此不会再见面。

春里姐姐再也不是这家的女儿了,她成别家的媳妇了。她哭得好厉害好厉害,哭得嫁衣上的银饰哗啦啦地抖动着。没有人安慰她,大家都很快乐,歌声像一层保鲜膜一样把春里姐姐包裹起来,她呼吸不到一点新鲜空气。

想到这里,我吸了一口气。吸了一口气,又叹了一口气。同样是女孩,是族人,我自由恋爱,自由走四方,自由地写出我的所思所想,自由地穿衣吃饭,自由地大笑哭闹……只因为隔了二十几年,春里姐姐和我,已经是两个世界了。

可我不知道还有多少女孩如今仍然与我相隔二十几年,我也不知道还有多少女孩的哭声被包裹在歌声里,不知道她们知不知道春里姐姐的故事,不知道春里姐姐知不知道我的故事。

我只在二〇一二年听阿妈说起,听说她丈夫肺癌死掉了,之后再也没听过她的消息了。我希望春里姐姐幸福,我希望春里姐姐也开了一个电器铺子,我希望她能在铺子里吹着风扇,自由地唱着女人的歌。

妹妹得了抑郁症

堂叔家的女儿,高考前两个多月的时候查出来得了抑郁症。

堂叔没听说过这回事,于是就找他最信任的阿爸来问应该怎么办。

我刚好在家,问他:"怎么发现的?现在状态怎么样?"

"上课的时候什么都听不进去,一星期给家里打了十几次电话,说不想读了,要去打工。"

"我读高中的时候也是这样的,总想去打工。"我有些低落,仿佛看到自己,一下子体会到了妹妹的心情,情绪也跟着下沉了。

"不不,你们不一样,"堂叔丧气地摆摆手,"你只是想,她是直接跑了。学校找不到人,通知我们,又报了警……后来才在蒙自找到她,在卖米线的地方做小工。好不容易带回学校，只读了一个星期，又跑了。"

阿爸皱起眉头："所以你们带她去了医院？"

"不是的，"堂叔的脸色愈发难看，"后来我说，回家休息一段时间，不想读就算了，起码把高考考了，万一考上一个专科，那也比高中学历好一点儿。接回家里来，也不吃饭，也不起床，每天就是在房间里待着，我以为在玩手机，结果也没有，就是躺着一动不动。她外婆说是闯鬼了，又带去磨山（地名）找了师父看，师父说：'你家这个孩子，不是被死人吓着了，是被活人吓着了，把活人的事解决了就好了。'又带回家里来。"

这时，狗突然推门进来，把我们三个都吓了一跳。看到是狗，不是外人，堂叔叹了一口气，接着说："没办法，带回来以后，让她妈和她聊天，问到底发生了什么事，她说没什么事，就是觉得没意思。我就搞不懂！"他一下子提高音量，激动起来，"什么没意思？读书没意思？那回来干活儿就有意思？当农民有意思？打工有意思？"

阿爸把水杯拿给他，让他冷静一下。

"抑郁症就是会觉得什么都没意思。"我小声说。

他喝了一口水："是了，医生也是这么说的，得了抑郁症就是会觉得什么都没意思。"

没防备地，堂叔哭了起来，蒙着脸靠在自己的膝盖上，呜呜地哭着。阿爸让我避开。我上了楼，听着堂叔哭了好一会儿，才抽抽搭搭问："大哥，你说咋办？这孩子，读了这么些年，突然不读了，你说咋办？抑郁症，听都没听说过，这能治吗？得了病，还能治好吗？"

我没听清阿爸是怎么安慰的，堂叔又哭了一会儿，客厅里慢慢安静下来。

过了好久，大概十来分钟，我听到阿爸的声音："病了还是得看病才行。"

"不行，"堂叔很坚决，"这么年轻就得了精神病，以后怎么做人。我觉得这病就是看了就有，不看就没有。"

"抑郁症不是精神病……"

"头脑出问题就是精神病。"

"你要相信医生的话才行。你问我，我只能说你得带孩子去医院，吃药也好，打针也好，治疗起来。"

"我做不到。"堂叔的口气比先前还要坚决，"难道和人家说，我生了一个精神病出来吗？"

我在楼上恍然大悟，也有些生气。此时被关在家里、不得不每天面对父母的妹妹，现在一定过得很辛苦。

"大哥，我是想说，你能不能去劝劝她，你是老师，懂的比我多，比我会说话，并且她小时候就听你的话。"绕了一圈，堂叔终于说出了自己的诉求，"要叫她去考试才行啊，考得上考不上另说，怎么能不参加高考呢？不参加高考的话，当初读高中干什么呢？要打工不如初中毕业时就去打,何必去高中浪费三年?"

阿爸似乎有些为难:"我可以去劝劝孩子,但是我只能是建议,没法逼她,你明白吗?"

堂叔可能觉得阿爸这就算答应了,情绪也渐渐平稳了下来。他再次重复起先前的话,大意就是,他实在不理解女儿为什么会得抑郁症,他和堂婶辛苦干活儿,把她供到城里读高中,为什么她还会得抑郁症?她是不是因为怕读书,所以才装病?或者,是不是她受什么刺激了,才把脑子搞坏了?

我的生气又一下子变成了无力,只能软软地坐在椅子上,不再捏着拳头。

堂妹比我小十几岁,除了过节时走亲戚问候一下之外,我们其实几乎没有过来往,我也不必想着我去会比阿爸去更有效,因为对于她而言,我是一个比阿爸更外的外人。可阿爸去就有用吗?答案自然是否定的,堂妹压根就不开门,阿爸连她的面都没见上。

高考之前一个月左右,她趁大人下地不在家时,翻墙跑走了。堂叔和堂婶历经烦琐的寻找之后,终于在县城找到堂妹,但是一看到父母找过来,她又立刻跑掉了。

从那天开始,堂叔就彻底失去了她的消息。他一个人悄悄去学校宿舍拿回了妹妹的东西,别人问起,就说孩子考完试留在县城打工了；再后来，村里人都以为妹妹没考上大学，所以才选择了打工。知道真相的只有我们两家人。

但是自打妹妹出走后，堂叔就不怎么来我家了。我不知道他心里是什么样的想法，或许，他在假装妹妹并没有抑郁症，假装妹妹确实是没考上，所以才去打工。他得这么说服自己，才能接受妹妹选择放弃了父母的事实，一旦看到我们，就会被提醒，他的孩子是逃跑出去的。

阿爸应该也清楚这一点，所以火把节吃饭的时候也没有叫他，而堂妹也一直没再回来过。

小姨的孩子

　　小姨出嫁的时候十八岁，我阿妈也说不清楚小姨和姨夫是怎么认识的，只说："你外公突然就通知我们她要嫁人了。"小姨嫁过去的村子离我们村子很远，当然了，"很远"是指还没通车的时候。小姨结婚以后，我只在她生宝宝的时候去过一次她的家。

　　那一天，大姨妈先步行半天到达我家。第二天，我们再一起出发，在半路上与二姨妈会合。最后在天黑时，到达小姨家里。

　　小姨的公公是一个很高大的男人，婆婆瘦小，丈夫也瘦小。他们在阁楼上为我们七八口人铺了一个大通铺，我们男男女女、大大小小地睡在一起，半夜姨夫打呼噜，我和姐姐一夜没睡。第二天早晨醒来时，发现大人们都在楼下小姨的卧房里，围成了一个圈圈。

　　小姨的头上包着一块大大的、艳艳的头巾，整个人像一朵马缨花。她的怀里抱着一个粉粉的小婴儿,大人们都围在一边看,小婴儿闭着眼睛,手在空中乱抓。我和姐姐觉得小婴儿的手皱皱的有点儿吓人,默契地退出了屋子,去看她家养的兔子。没一会儿,就听到屋里传来哭声。我们趴在窗下崎岖不平的矮墙上往里看,看到小姨伏在大姨妈的肩头在哭泣。

她们讲话太低沉、压抑了,我什么也没听清,因为个子矮又够不着窗沿,只能依靠占据有利地形的姐姐翻译,她却故意卖关子,急得我在下面团团转。直到我叫起来,她怕惊动屋里的人,才火急火燎从矮墙上跳下来,说:"你怎么这么急呢?"说罢,拉着我回到兔子棚背后,趴在我耳边:"小姨以前有个小孩死掉了。"

"什么意思,小孩子不是在她怀里吗?那个小孩死掉了吗?"我大惊失色。

姐姐白了我一大眼:"和你说了'以前','以前',明白吗?"

不怪当时的我像个大傻子,因为在这之前,我的时间概念非常混乱,也是拜姐姐所赐——那会儿我还没开始上学,有一回我们要去村长家里看电视剧,我反复追问姐姐和她的朋友们:"还有多久才播啊?"姐姐被我问烦了,和我说:"还有一分钟!"

我又问:"一分钟是多久?"姐姐指着钟:"这个针走到这里的时候,就是一分钟。"我看着钟,足足等了一个小时;等到我去看电视,电视剧已经结束了。

从那以后,我对于"以前""过去""将来""不久以后"这样的词就非常糊涂,不知道它们具体代表的是多久。

经过姐姐的解释,我终于闹明白了:在今天这个小婴儿之前,小姨就曾经生下过一个女婴,女婴被埋在了红果园。

"为什么?她死了吗?"

姐姐不愿意再为我作解答,一个人闷闷不乐地看着兔子发呆。我怕她心情不好要捶我,也不敢再烦她,一个人爬回矮墙上,偷听大人说话。

小姨还在哭,哭了好久。后来的事我就记不清了,只记得那天开饭开得特别晚,我饿得嘴里流清水,吃过饭就在阿爸背上睡着了。

再一次到小姨家里时,我已经读五年级。这一次的氛围和上一次完全不一样,一进门我就感觉到了,因为她的公公婆婆都笑眯眯的,甚至没到饭点我就吃上了红糖粑粑。

姐姐已经念初二,离家太远,没有参与这一次的做客。我一个人学着当年的样子爬到矮墙上偷听大人说话，得知这一回小姨生的是个儿子，她的公婆满意了，日子也好过了许多。

我以为能听到什么惊人的内容，搞半天，她们几姐妹关起门来就是说这个，觉得没意思极了。

事情到了这里，我对小姨的了解也就止步于此了。

直到三年前，那年三月的时候，我回家探望爸妈，他们却鬼鬼祟祟的，打电话背着我，仿佛有什么事瞒着我。我分别和二人谈话，交叉比对信息以后，识破了他们即将在两天后去往另一座城市下辖的农村的计划。

不就是去玩嘛，何必瞒着我？我大为不解。面对我的疑惑，阿妈有些心虚，把他们要做的事和盘托出——小姨要去参加女儿的婚礼，姨夫不同意一起去，她求到了我们家里，请求会开车的阿爸载她去。

参加自己女儿的婚礼还要这么折腾，我撇撇嘴："她家真的是重男轻女的典型案例。"阿妈不喜欢我鄙夷的态度，可是又无力反驳，只能为她的妹妹执言："她做得了什么主？那孩子刚剪了脐带就被她公婆抱去送人了，我们找了这么些年，前不久才刚找到。"

我一听，原来说了半天不是说小姨家里的那个女儿，而是儿子之前还生了一个女儿。也就是说小姨一共生了四个孩子，第一个刚生下来就被埋掉了，第三个则被送养了。

听完这话的当下，我只觉得小姨可怜，下一秒就意识到我的存在会不会也是牺牲了一些姐姐后不得已的结果。于是当场质问爸妈："你们在我之前，不会也生了几个小孩吧？"

阿爸听了急得眉毛都飞起来了，为自己辩白："怎么可能啊！姐姐生下来后奶奶就死了，家里乱成一团。生你之前姐姐和小五叔还把房子点着了。那几年光顾着生计，哪有空生什么小孩！"

看阿爸的样子，阿妈忍不住笑出了声，既像开玩笑，又像很认真："我没有公婆，不用生那么多。有你俩就够了。"

听了这样的话，我算勉强接受，于是嘱咐他们路上慢慢开车，照顾好小姨。

第二天，又是一样的顺序：大姨妈先到我家来，再去找二姨妈会合，最后接上小姨，一起往婚礼去。

没想到婚礼的当天下午，她们就回来了。小姨刚进门就哭个不停，进了阿妈的房间还在哭，一直哭了恐怕两三个钟头，才安静下来。

阿爸默不作声在厨房做饭，阿妈则和两个姐姐一起围坐在沙发上叹气。我和姨妈们不太熟，不知道该怎么融入，鬼鬼祟祟到厨房向阿爸打听消息。

阿爸的叙述还算平静，大概就是说，到了婚礼现场时，提前同意小姨前去参加婚礼的养父母，客气地招待了他们一行人，小姨也全程观看了女儿的婚礼仪式，仪式结束之后，养父母就带着女儿来见小姨，结果女儿不愿意，直到天黑也没有和小姨见上一面。

"我觉得她应该是早就知道自己是被抱养的了，养父母人也不错，这个时候你小姨再去看孩子，人家肯定不愿意。"阿爸叹了一口气，"可是你也没办法怪你小姨，毕竟是自己的孩子，她只是想当面看看孩子。"

"如果是我，我看完婚礼就回来了，不会想和女儿面对面。"

"那是你这样想，如果你真的是当事人，未必比你小姨做得好。"

我想了想，确实无法反驳。我没有生过孩子，也没被偷走过孩子，所以再怎么有同理心，也不可能真正体会到小姨的感受。

吃过晚饭以后，小姨说什么也要回家。临走之前，她谢过了阿爸："姐夫，今天劳累你了。"说完从小包里拿出两张一百块钞票塞在阿爸手里。阿爸阿妈一起把钱塞回了小姨的手中，之后阿爸坐进驾驶室，送小姨回到了她夫家的村庄。

小姨再也没提过那个女儿,自然也没有再去找过她。此后我与她几次相见,她都是笑眯眯的,似乎从未经历过那种种。今年她的大女儿生了孩子,她一直在帮着带,就更没有时间外出了。

我一看到和蔼、本分的小姨,就会立刻想到她那个埋葬在红果园的女婴,以及在婚礼上愤然离席的女儿,浑身不自在。不知不觉间,我开始逃避和小姨见面了,仿佛只要不和她见面,我就不知道这些事。

不只是我,所有知晓此事的亲人都选择了逃避,大家都默契地不提起这件事。但是我想,不管我们再如何假装此事不存在,小姨心里的窟窿是永远填不上的吧,还有那个女儿,她会不会也不知如何自处?我真希望她不会。

至于小姨的丈夫,不提也罢了。

骑三轮摩托的女人

村子里骑三轮摩托的妇女突然多了起来，这可真是一件奇事。要知道，在我们村里，别说女人骑摩托，就是女人用手机，也远远落后于男人很长时间。

阿妈说最先学会骑的是一个叫"金妹"的婶子。论辈分我该叫她婶子，其实她比我阿妈年轻得多，孩子却和我一般大，只因她嫁到我们村子的时候，不过十五六岁的年纪。

金妹的婚后生活非常不顺利。第一个孩子是在田间干活儿的时候生下来的，帮她接生的老太太把孩子的脐带看成了男娃的生殖器，便一路小跑回她的婆家说生了一个男娃，可她的丈夫把她接回去之后才发现是个女娃。为此，村里人都说她脑子不太聪明，自己生的明明是女娃，非要骗婆家是男娃。

金妹很勤快，她留给我最深刻的印象就是每回村里办席面,她都会出现在洗碗的地方,她的女儿能走能跑以后,也经常蹲在大盆旁和她一起洗碗。洗碗也好,蒸饭也罢,都没什么报酬;不仅没有报酬,只要洗过那么几次碗,大家就会默认洗碗本就是她的职责。

她怀上第二个孩子的那一年,女儿跌了一跤,不知道把哪里摔坏了,从床上起来之后走路就摇摇晃晃的,像小狗摇尾巴。村里人就给她取了一个外号,叫"nei nei mai lu me",翻译成汉话就是"摇尾巴妹妹"的意思。我觉得这个外号实在是太伤人,金妹和女儿看起来一点儿也不生气。过了一段时间之后,金妹自家人也叫上"摇尾巴妹妹"了。

金妹的第二个孩子是个男孩,孩子出生没多久,金妹的丈夫就病了。之后几年里又先后死了公婆,金妹一个人既要带孩子,又要干农活儿,还得照顾丈夫,人常年消瘦,偶尔能看到她薄薄的身子挑着一担青草回家喂牛。

即便如此,洗碗的时候她仍旧会出现。

过了几年,金妹丈夫查出来肺癌。与此同时,"摇尾巴妹妹"嫁了人,一直到父亲死掉也没再回来过。

那是二〇一四年左右,金妹给丈夫发了丧,和儿子一起生活,但接下来儿子所做的事每一件都叫她操碎了心。从二〇一五年到二〇一九年期间,她的儿子先后带回来两个大肚子的女孩，生下来的孩子就交给金妹照顾着，她干农活儿攒下的那点儿钱，全花在孩子身上了。结果儿子也不说承担起做父亲的责任，夜里悄悄跑了，跑了就跑了吧，没过多久，又带回来一个怀孕的女孩……

这下子金妹是真的承受不住了，可她没有地方去：回娘家吧，娘早就死了，没有家可回，娘家也没有她的田地可耕种；留在夫家吧，要给儿子带孩子，还得给儿子种地，累得没个人样不说，一年到头自己一毛钱都攒不下来。两头为难之际，金妹做了一个决定——改嫁。

她在媒婆介绍的老头当中挑选了很久，最后选了一个邻村的汉族老头。对方矮矮小小的，做收废品的营生，老婆死了，有一个已经出嫁了的女儿。

一开始大家都不明白，以金妹的年纪完全可以找一个更年轻的，何苦找这个老头。直到有一天，大家看到金妹一个人骑着三轮摩托，拿着小喇叭挨家挨户收废品。

那一天，周边几个村子的人都知道金妹会骑三轮摩托，还做起生意了。不管有没有废品可卖的，村人也都从家里搜罗了几个塑料瓶子，只为亲眼看看金妹。

金妹的外表变化不大，称废纸壳子塑料瓶的时候，表情和在席后洗碗的样子一模一样；可她又变了不少，手脚更麻利了，快速地心算着账，戴上手套，用编织绳把废品牢牢实实捆在车上，再发动摩托，在众人的"啧啧"声中离开。

人们说她自私，不管自己的三个亲孙儿；也有人说她傻，自己儿子的田地不去料理，上赶着给汉族老头做便宜老婆；还有人说她耐不住寂寞，所以才会再嫁。

说归说，却有不少人偷偷去找金妹，无一例外都是女人。没过多久，大概半年左右吧，村子里会骑三轮摩托的女人就突然之间多了起来。

从前，村里人要去十几公里外的地方赶集，要么是步行前往，要么是搭矿车，再不就是坐三轮摩托。但是有一回，一辆载人的三轮摩托侧翻了，司机没事，乘客死了，赔了不少钱，自那以后，有三轮摩托的村民就不敢再载人了。矿上没了矿，人们也没有矿车可坐，只能走着去。

自打会骑三轮摩托的女人多起来，几乎家家户户都买了三轮摩托车，好像就没什么人走路去赶集了。

不仅如此，三轮摩托的小风潮还极大地减少了村里人的体力劳动，之前靠肩挑手提的活计，现在大多是由三轮摩托来完成。

听完阿妈讲的金妹的故事，我问阿妈："你的意思是金妹统一培训了她们？"

"也不叫培训吧，免费的，就是她们去问，她就教嘛。"

"那她又是去哪里学会的?"

"跟汉族老公学的吧。"

"村子里的男人为什么自己不学?那些本就会骑的,为什么不教自己的老婆或者阿妈?还有村子里的人,为什么之前自己不想着买一辆三轮摩托,而要跟风购买?你为什么没去找金妹学?你不想试试看会骑车的感觉吗?"

阿妈显然因为我的问题感到烦躁,又或者她也说不上来原因,不耐烦地回答我:"各家有各家的理由,我怎么知道。不就是三轮摩托,买了就是买了,没买就是没买,这跟你的工作有什么关系,打听那么多干什么?"

我换了一个问题:"金妹现在过得怎么样?"

"不怎么样,她学会了做生意之后,她那个汉族老公就什么也不做了。"

找不回来的生育证

我阿妈的一个朋友在过年的时候遇到了一个难题。

事情是这样的,这个阿姨,暂且叫她刘姨吧。刘姨是外地人,结婚时蛮年轻的,生了一个女儿,丈夫也会疼人,一家三口也算其乐融融。

后来丈夫意外身亡,刘姨就自己和孩子过。刘姨就想,至少要把孩子拉扯大,好好过日子。谁知没过几年,孩子读初中的时候也意外跌落去世了。

麻绳只挑细处断,厄运专挑苦命人,刘姨自己也病了。病了以后很多活儿不能做,嫁出去的姑娘没有娘家回,就只能做点儿简单的活计,几个闺蜜帮衬着一点儿。

好在前几年间我的家乡民族文化传承和商品化搞得轰轰烈烈,刘姨绣花技术好,能赚点儿精巧钱,虽然不多,但是可以糊口。

后来刘姨再婚了,男方有个女儿,日子清苦些,但也平静。刘姨很知足，她打理着自己的小摊子，关心继女，精神肉眼可见地好了很多。

过了几年，男的想要再生一个娃。刘姨就说："我身体是生不了了，但是你想生我也没法阻止你，那我们就好聚好散。"于是两人就和平离婚了。

之后刘姨就一直一个人生活。坏消息是机械化刺绣狠狠冲击了手工刺绣，刘姨的收入一天比一天少，更要命的是她老了，眼花了，看不清了。

今年过年刘姨六十岁了，她听闺蜜们说有一个月四百元的孤老（无子女赡养）补贴，就去申请。结果遇到了两大难题：第一，需要提供已身故女儿的生育证。但是刘姨当年心碎不已，把女儿的东西都烧了，唯独留了一张照片；第二，需要证明继女没有在赡养她。

按理说第一点很简单，补办生育证就行了。刘姨就去找到基层工作人员，对方听说这个情况，当即给刘姨打了证明，让她去镇上补办一个就行。规定是这么个规定，具体执行步骤却很不顺利。

镇上的计生办主任不认可基层工作人员的这个证明，他认为，刘姨没有原始生育证，无法证明已身故的女儿是她的子女且是唯一的子女。刘姨就想，就是因为没有所以才来补办啊，哪有因为没有生育证所以无法补办生育证的道理。

我阿妈就建议刘姨去派出所打证明，证明唯一的女儿已经身故。派出所一查的确如此，就给刘姨打了证明，刘姨拿着证明返回申请补助的单位，结果工作人员告知"证明不行，必须要生育证"，而可以批准补办生育证的人还是坚持"有原始生育证才能补办生育证"。

刘姨犯难了。她六十岁了，只想要一份应得的福利而已。四百块钱。

一段时间后，我打电话问我阿妈这事解决了没有，阿妈说已经解决了。

我问怎么解决的，阿妈说："派出所的高所长骑着摩托去把计生办的高主任骂了一顿。他很快给她补办了生育证。"

接下来刘姨可以领这份福利了吗？还不知道，要看刘姨的继女会不会配合了。

后来和阿妈唠家常时问起这件事，说是刘姨的继女很配合，从厂子请了假回镇上搞了这个事情，刘姨不久之后就可以领这个钱了。阿妈说："会直接打到她的信用社一个专门办的卡上。"

"我又老、又丑、又笨地在活着"

先前看过一个调查报告,数据显示在黄昏选择自杀的人比其他时候多很多。所以人到底是害怕天黑还是害怕天亮呢?黑漆漆的夜里没有死掉,明晃晃的白天没有死掉,在有漂亮橘色滤镜的黄昏死掉了,为什么呢?

我想的问题大多很无聊。人活着真的好无聊噢。因为是虚弱的人类,所以我们的爱很虚弱,善良很虚弱,坚持很虚弱,追求很虚弱,连肠胃也很虚弱——"56.18%的网民有胃痛现象,85%以上的中国人有过肠胃问题""中国有4%—6%的成年人有便秘问题"。在我们国家有八千四百万人每天不能好好拉屎,好悲伤。

不能好好拉屎真的很悲伤,我的朋友阿华每天只有早上八点半左右有屎意,所以我们起床以后的互相问候都是:"拉屎了吗?"有时候她会讲:"托你的福,有好好拉。"有时候会哀怨地说:"都怪我们老板啦,催着要东西，吉时已过只能等明天了。"连屎都不能好好拉的话，到底在努力争取什么呢？

"因为一天不拉屎没什么，但是一天不吃饭的话会很痛苦哎。可能人生就是要忍受不能好好拉屎的悲伤来换口饭吃吧。"她会这样说。

"有时候也会觉得，这样活着也不知道有什么意思。还不如死了算了。"她有时候也会这样说。

"我三十六岁了哎，还有几个月就三十七岁了，除了自己什么也没有，连屎也不能好好拉，你说是我失败了，还是我父母失败了？"她有这样说过一次。

其实她也不是什么都没有吧，我想，她有一份工作……但这样说总觉得有点儿没底气，这份工作也不是"她的"，只有工位上的一个起到心理安慰作用的仙人球和两大包速溶咖啡是她的。

哦对了，还有她自己买的办公椅——"如果有一天要猝死，也要倒在舒服的办公椅上吧，死在老板买的99元那把上，感觉更可悲了。"

她也有过一些东西，钱啦，爱情啦，男人啦，还有满满一衣柜的裙子。有些是小码数的，吊牌都没摘，她完全穿不进去："我以为总有一天会瘦的嘛。"

在三十七岁之前的冬天，她恋爱了。我没有见过那个男人，一切都从她口中听说。"他是一个温和的人，你知道的，帅男人看不上我，丑男人又太丑了，一般的男人又很少有温和的。我找到了温和的，挺知足的了。"

男人的工作不需要固定上班，于是他们就在一起逛了很多公园。男人告诉她，等到过了年，他就上她老家去看望她的父母。"我年纪不小了，咱们应该趁早定下来。"男人这么对她说。这让她十分感动，她对婚姻有向往，因为她觉得"这任务总得完成""两个人吃饭比一个人的时候好吃得多"。

男人会为她做饭，在她小小的出租屋里，男人不厌其烦地为她煲汤：鲫鱼汤，"太甜了，我才知道鲫鱼汤这么甜"；腊猪脚炖山药，"他做的腐乳蘸料实在是太好吃了，很下饭"；还有豆腐圆子汤、海带牛肉汤、番茄肉圆汤……临近过年的时候，她的脸颊圆圆的，眼睛里也是笑盈盈的："他先回广州处理一点儿公司的事，过完年就回来。对了，我最近每天都顺利拉屎了。"

年后，男人不仅拿着特产回来了，还给她带了一条金手链："足足有十克呢！"

本以为事情就这样温馨又平常地发展下去，没想到后来很平常的一天，爱情没有了，男人以投资为借口，带走了她所有的积蓄。她不好意思告诉我，一个人去派出所报的案。"你一个年轻人,怎么还像老年人一样贪便宜呢?哪里会有那么好的事情?"年轻的派出所民警告诉她,"回去等消息吧,有消息了会第一时间通知你的。"

她一个人在派出所拐角的共享单车堆里蹲着哭了十分钟,眼线笔晕开,把衬衣印黑了。"不要买某某牌子的眼线笔,会晕开。"那一天我只收到这样一条信息而已。

男人一直没抓到。她尽量不去想被骗的事,只记着好的部分。"他说他家院子里有一棵柚子树,会结很多很多柚子,有的太大了,把树枝都压弯了。"

这两年疫情对行业冲击很大,她的工资不稳定了,有时候四五千,有时候七八千,有时候只有两千八的保底工资而已。我们出去吃饭、逛街、泡脚、坐动车,她从来不给钱。"哎呀你那么有钱,多请请我啦!"她完全不理财,觉得理财是一个虚幻的骗局。"钱当然赶紧在自己身上花掉最好,哪天会死掉都不知道,存下来也是便宜别人了。"

我有时候看着她,觉得生活好难噢。有的人有好运气,有的人有好本事,有的人有好容貌,有的人什么鸡毛都没占着。

"我又老、又丑、又笨地在活着。"有一天她发了这样一条朋友圈,然后很快又删除了。

我刚好看到那条朋友圈,心里堵了一下,觉得有点儿想哭,点开对话框想问问她怎么了,又觉得,会不会不问才是温柔？不问，不追究，不反对，只是去理解。理解周遭的一切，然后痛苦并接受。

接受有的人就是连拉屎这样的事都无法顺利完成，接受爱情来临时会带来伤害和骗局，接受生活本身的苦涩，接受我们的平庸，接受自己又老、又丑、又笨，接受人类虚弱的本质，但又坚持着生活下去。

三个桃子

我最敬佩的人有三类。一是能够一直坚持研究某样东西的人,也可以说是专业上有建树的人。不管什么专业都好,一直做,还做得挺好,我就由衷敬佩。二是什么都不在乎的人,像世界观察者、体验者一样活在世间,没有悲喜。三是我的朋友麦子一样的人。麦子既没有一个专业在坚持,也没有淡定得像一个观察者;我对她的敬佩,来源于她对世界的迟缓体验,和长久以来从未自我怀疑过的自洽。

麦子和我是同学,一开始我们玩得也不算很好。有一次上晚自习,停电了,她突然转过来对我说:"我给你讲个鬼故事,你看……"只见她突然唰地一下拉开校服拉链大喊:"我没有胸!"我从惊恐转为爆笑,她的表演和语气实在是太好笑了,我笑到捶桌。那天以后我们就变得要好了,就是那么莫名其妙地要好起来了。

她从小就知道自己不喜欢男孩。她的母亲一直不愿意相信她说的，总觉得她在说疯话。

二〇〇八年高二下学期，有一天晚自习开始前，我们在教学楼最南端的走廊里快速嘲着冰棍儿，因为教室里不能带东西进去吃，我们很冒险地在打铃前疯狂想把冰棍儿嘲完，嘲得我脑壳哑哑地疼，舌头也有点儿麻木了。在脑壳疼和舌头麻的间隙，我听到她一边嘲冰棍一边说："我有时候会很想死哎。"说完又接着快速嘲冰棍。我说："我有时候也会，不过还是活着更好。"她一边嘲一边点点头，我们一起再度加快了嘲冰棍的速度。终于在铃声响起时，两个人都嘲完了，飞速跑回教室。

两个年轻的女孩子，就在嘲冰棍的间隙完成了关于生死议题的讨论。当时的我们都不知道，此后的十几年，我们的人生也会在这样有一丝丝搞笑，又有一点点着急，然后还带着一点点荒诞的氛围下过到今天。

女孩们都喜欢麦子长得白白净净，会疼人。最重要的是她有洁癖，有洁癖又不强加给别人，总是自己默默收拾。

她最招人喜欢的就是舍得给对方花钱。麦子学习一般般，我也一般般，但她比我更一般般。除了嘲冰棍那一次以外，她从来没有想过人生这回事；我一开始以为她是假装没想过，后来差不多过了十年，才知道她是真的没想过。所以大专毕业以后她什么也没想，她母亲让她回县城去，她就回去当了售货员。

二〇一二年的县城，偶尔有个别女孩子通过网络认识她，来看她，她就非常会招待人家。八百元的工资，两百元给女孩买花，三百元给女孩买衣服。

"那裙子她穿着多好看。"中秋节我回老家时，她一边嘬冰棍一边对我讲。

"工资太低了还是不行哎，毕竟生活质量好一点儿会开心一点儿。"我一边嘬冰棍一边对她讲。

那天我给她八百块钱，让她去大城市试试看。

第二天她就辞职去了省城。

到了省城以后，麦子找了一份还不错的工作，工资一下变成了三千多。她也更受欢迎了。不抽烟、不喝酒，会害羞，舍得花钱，不猥琐还长得好看，妹妹们像小蝴蝶一样地围着她转。

"我有时候觉得有点儿吃不消。"二〇一四年的夏天我去找她玩，她蹲在马路牙子上嘬着冰棍对我讲。

"你得知道自己到底喜欢什么才行啊。"那天我的冰棍还没来得及好好嘬就掉在地上了。

她可能是从那天以后就开始在寻找自己喜欢什么了，所以什么都去试了一下。在此期间遇到了C。

C是一个银行信贷部门的女孩。她喜欢麦子，喜欢麦子乖，会付账，会给她开车门，会送她礼物，会听她讲"人生道理"。如果放到今天，我们能知道她对麦子那套就叫"煤气灯效应"，但当时我们都很年轻，并不明白当中的种种关窍。

此后的两年时间里，麦子一直和C一起相处。二〇一六年，我们因为这件事爆发了激烈的争吵。起因好像是C找她借钱，她借了，借了没有钱生活了，又来和我借钱。

"我是你的家人吗？不是。我是你妈吗？不是。那我为什么要一直劝你，一直想推着你进步，你不会感激，你只觉得别人好，带你去纵情声色就是对你好，见什么所谓的世面，见世面当然好啦，然后让你买单当然好极了！我不想再管你了！"我对着电话怒吼，一边哭一边骂她。

"你为我好就是好吗？我没有自己的想法吗？为什么你的人生就是对的人生，我的人生就是错的人生？你不想管我，我有叫你管过吗？"她也哭起来，哭得比我还凶。

我们就在电话里哭得此起彼伏，但是都没有挂电话，不晓得到底哭了多久，我脑子都哭疼了。

如果事情到这里就结束了，也还好，虽然多年友谊就此断裂有点儿可惜,但是她讲得也不错,我并没有什么立场和权力去干涉她的生活,她的人生的正确性应该是她自己定义,而不是由我来评判。

所以当时我讲:"我诚恳地向你道歉,或许你喜欢的的确是县城里八百元的生活。我不应该用我以为好的方法推着你走。"

她也停止了哭泣,问我:"那我们明天还好吗?"

我说:"还好,但是我不会再和你讲人生事业相关的话题了。我们就做外卖红包好友吧!"

没想到,我们真的做了两年外卖红包好友,就是,点外卖的时候,互相发那个分享红包。就非常默契,只发红包,不聊天。

二〇一八年的某一天,我也记不清是什么原因,我们突然又和好了。这个和好来得就像"你看我没有胸"那个晚自习一样突然。我们又莫名其妙、很有默契地在某一天开始了真正的联系。

我们"断联"的两年间,她离开了C,和X相处了两年,当时刚刚分手,但还和对方保持着工作联系。X的出现是她人生的一大转折点——X带她进入了建筑行业,她在建筑行业一直做到今天,并且拿到了不错的薪水。

和好以后我们迅速在她工作的城市见了面,她带我去吃傣族手抓饭。

"那你怎么就和 C 分开了呢?"我一边吃手抓饭一边问她。

"她让我办信用卡套现给她。"她一边嘬泡鲁达[1]一边回答我。

我哈哈大笑起来:"怎么和我借钱给她就 OK,办信用卡套现就不行呢?"

"套现犯法的吧?"她憨憨地举着杯子,一脸认真地说出这句话。

当时她养着一只大胖猫,也没有对象需要花销,一个人小日子过得很不错。但也就是那一年,她被家庭逼入了一种困境。看着二十九岁不结婚只和女孩子来往的女儿,她的母亲终于明白她不喜欢男孩不是疯话,一直存在却又显得迟来的真相把她母亲——一位极度迷信的中年女性——也逼入了绝境。

"我一定是前世作孽太多""我造了什么孽""我死了算了""你马上嫁人,不然我就上吊""你逼死我算了,麦子,你用刀杀了我吧"……

---

[1] 云南地区的一种特色甜食,用西米露、炼乳、特制面包干、新鲜椰丝加上冰块和水做成。

在二〇一八年一整年间,她母亲不知道重复了多少次这样的话。她母亲几次折腾进了医院,她也几次往返于两座城市间,同时处理工作和母亲的问题。她父亲向来沉默寡言,面对妻子和女儿的情境,依旧是沉默寡言。我本来想说对抗,但这都算不上对抗,麦子永远都是不生气,就是冷静地重复:"我不会结婚,也不会生孩子。"然后她母亲再度重复:"我死了算了。"

二〇一九年春节,我说:"要不你别回去过年了,我也不回去,我父母会理解的。你就讲你要来陪我。我们去玩一下好了。"

她说:"没关系的,是赖是好,是死是活,总是要面对的。"

但是她的面对也没有能够拗过她的母亲。她母亲开始频繁地为她安排相亲,频繁打骂她,频繁重复"你杀了我算了"。

我们一起去老县城的学校旁边喝两块一杯的糖精饮料。

我又着急,又心疼,又憋闷。我说:"要不然断联算了,只给钱,不回家,不要再互相折磨了。"

她还是憨憨地举着杯子讲:"你说的道理我都明白,但是我舍不下她。舍不下就自己受着吧。"

二〇一九年三月，她协议结婚。我非常反对这个决定，但是回想起二〇一六年的争吵，知道自己并没有反对的立场。事情也就这样落定了。

婚礼那天她母亲非常快乐，脸上久违地洋溢着笑容，忙里忙外招呼客人。她母亲也知道是自己逼出来的表面的和平，但是她只要表面的和平，有了表面的和平，女儿还是乖女儿，人生还是安稳人生。她再也不说"你杀了我算了"，也不再用头撞墙，只是不再见我。我去医院看她，她就装睡着。即便有时候买了东西想带给我一份，也是放在门岗让保安给我打个电话，之后匆匆就走了。

我问她："你阿妈是在怪我吗？怪我没有把你拉回'正途'吗？"

她说："不是的，她只是觉得你是正常人，她女儿不是，她觉得丢脸。"

协议婚姻并没有想象中那么顺利，男方家里状况频出，无非就是家长里短、经济问题，和他们当初约定的情况大不一样。因为有了儿媳妇，自然就要张罗生小孩的事情。

面对"婆婆"的问题和责难，麦子能躲则躲，躲不了就装傻。婆婆自己也知道儿子的情况，可她就是很想要一个小孩。

我常常为她这样的生活感觉憋闷不已。她倒不着急，只说:"别急,你别急,他们说什么做什么,我又不管的,照样过自己的。你怕什么。"

"我怕他们害你,"我说,"能不去他家就不要去,去了也不要吃东西,不要喝水。"当时的我是真正对这件事情充满了恐惧的,认为这并不是一纸协议能够解决的问题。

然而就在二〇二〇年三月,她和我讲:"你猜怎么的,我离婚啦。哎不对,都没领证不能叫离婚,总之就是和他家没关系了。"

她说她和男方母亲讲了,她去医院检查过了,自己没有生育能力,不好意思拖累她儿子。男方母亲唏嘘一番,也就同意了。但我还是担心男方母亲反应过来以后不好摆脱,忙张罗着给她搬家、换电话号码。

"我尝试过了,但是失败了,现在我是离过婚的不能生育的女人,别人不会要我啦。我就自己这样过也蛮好的,放心吧,以后肯定有能力给你养老送终的。"她母亲听罢,愣了许久许久,在不能接受中接受了这个现实。

"其实我阿妈也很可怜的,她才八岁就没有阿妈了,阿爸又只知道不断续弦,她没上过学,哥哥弟弟只知道吸她的血,丈夫完全不关注她。没有人能教育她,没有人能帮帮她,没有人陪伴她,没有人告诉她什么是错什么是对。我知道她做的事都不对,但是我没有办法离开她。"她昨天在我家,喝着奶茶平静地对我讲。

我坐在餐桌对面,眼泪慢慢流下来,喉咙哽得厉害,一句话也讲不出来。

她看到我的眼泪,突然笑了。她说:"你知道吗?我今天上班之前捏了我那三个桃子,竟然还没软!"

我"噗嗤"一声笑了:"从六月放到八月哎,你又不吃,你又不扔,你要干吗啊!"

"它们迟迟不坏嘛,扔了有一种浪费好东西的负罪感,感觉很对不起它们。"

"那你就拿出来,放在室温下,不就会坏了嘛。"

"那也很刻意啊,我就是想让它们有一种'哎呀,不小心忘记吃了,坏了只能扔掉了'这样的不经意感嘛。"

"那你不就是冷暴力——我不吃你,也不丢你,如果有一天你坏掉了,对不起哦,不是我不吃你,是你自己坚持不下去了。"

"啊,真的哎,那我回去一鼓作气把它们吃了吧!"

我们突然爆笑,笑得前仰后合,笑得眼泪都流出来了。

今天上午我问她,你的桃子吃了吗?

她讲:"明天再说吧。"

我们认识快二十年了,她好像从来没有抱怨过世界,也没有抱怨过家人,没有抱怨过自己,没有抱怨过规则。"加班好辛苦哦。"她会这样讲,但是没有抱怨过同事和老板。"猫猫把免洗洗手液全部喷在我脸上了。"她和我说,但是没有讲过猫猫好坏。她说她辛苦攒的废纸还没卖就被老奶奶解下来偷走了。"也不知道她那么瘦怎么拿得动。"她说。

她不关注女权,也不关注世界上正在发生的新闻;她不关注少数群体权益,也不关注世间正在发生的种种对抗和争论;她不关注奥运,也不关注基金涨跌。

她就是每一天,亲吻一下两只猫猫和一只狗狗,然后去上班,下班吃好吃的,然后看点儿喜欢的书。新认识了一个女孩,很漂亮。

我无法再讲她的人生是错还是对,也不会再去告诉她"我觉得你应该……"。我们都……不对,应该讲我也,我也学会了自洽。"管他妈的,随他去吧。"我想。

什么是好,什么是不好呢?我不知道。

结婚就一定好吗?独身就一定好吗?

关注世间百态就一定好吗?只关注自己就一定好吗?

我真的不知道。

我不了解世界,世界也不了解我。我们能做的又有什么呢?想来想去,还是亲吻猫猫,然后吃点儿好吃的,看看喜欢的书,健康地活着而已。

那三个桃子,吃了也罢,一直放着也罢,生活好像也不会改变什么。那就这样吧,让它们一直静静地躺在冰箱里,直到腐烂来临。[1]

---

[1] 本文发表已征得麦子本人同意,且对方一再让我强调她长得很好看。故特此强调,她长得很好看。

第五章

我的解放日志

上班八年,决定"退休"

1. 记　者

在电视台一直干了八年多,我对自己的工作本身毫无怨言,我心里很清楚,这份工作来之不易,以我的起点和经历来说,能有一份这样的工作,是我的运气。也许就是因为对工作抱有这样的感激之情,工作也尽可能地回馈了我很多,不单是金钱层面,因为这份工作,我以意想不到的速度接触到了社会的方方面面,工作所带来的人生体验,直接影响了我此后的所有选择。

做记者是一件极具挑战性的事情,哪怕是小城市里的记者。只要有新闻的地方就必定会有纷争,而身处纷争中心的记者,很容易被当成靶子。

在做记者的时间里,我不止一次被威胁过"给我当心点儿",也不止一次被侮辱为"走狗"。

工作中接触到人们的负面情绪大过于正面情绪,很多场景下,镜头中的人都是红着脖子、唾沫横飞的状态,又或者是声嘶力竭、泪眼模糊,总之很少有情绪平稳的。毕竟要是问题可以平稳解决,人们也不需要到联系媒体曝光这一步了。

但是说实话,这部分情绪带给我的影响不算太大,反而因为在我被激流冲进社会的第一阶段,就先接触了这些负面情绪,使得我自身在前二十几年中积累的负面情绪都显得不那么负面了。那些被镜头所对准的人,要么是生死攸关,要么是利益纠葛,要么是怎么想都想不通,宁愿抛头露面也要一个说法,要么就是找不到答案,所以需要把自己的情绪通过镜头扔到人群中去……不管是哪一样,我都觉得比我的问题大多了。

贫穷、疾病、上学难、就医难、霸凌、诈骗、家庭矛盾、集体纠纷、讨薪、强拆、斗殴、车祸、毒品、暴力、死亡……在我心中无解的事,在新闻里也很少有解。人世间的痛苦好像都是相似的,人人都有苦吃,人人都必须吃苦,没有人在真正无忧无虑地生活着。能理解这件事,对我来说非常地重要。

在这份工作中,我的出身和民族变得不再重要,岗位只在乎你能不能上、敢不敢上,产出量直接和绩效工资挂钩。投入工作中,很快成了我敏感、自卑、恐惧和迷茫的出口,我顺理成章地变成了一个工作狂。

差不多是工作第三年的时候,对于这些新闻,我已经非常熟练了,哪里有新闻源,哪里就有我。因为能跑新闻、报新闻,部门领导对我很满意。此后两三年的时间里,几乎所有的大型突发事件都有我,我就是"突发","突发"就是我。

于是我带着我的搭档,我们拿着摄像机和话筒,从工地上死者家属铺设的灵堂穿过去,在塌方的高速隧道里企图搞清楚严重程度时被工人举着镐头赶出来,翻过被泥石流淹没道路的山,蹚过吊起两具尸体的河,尝试着尽量抵达最靠近真相的彼岸。

我的搭档十分热衷暗访,所以我们演过夫妻,演过兄妹,演过领导和秘书,还演过暴发户和小秘;我们卧底过专坑年轻人的黑中介,勇闯控制许多妇女的卖淫窝点,打入传销组织内部,开着皮卡车到黑砖窑验货。尤其是跟着警方一起做法制节目的那段时间,为我的职业生涯添上了十分刺激的经历。

毒贩扔出来的手榴弹就在我前方几米处爆炸;丧失理智的嫌疑人疯了一样直挺挺地撞向我所乘坐的警车;被斧头砍碎的尸体就赤裸着僵硬地躺在我脚下;在垃圾焚烧厂翻遍数十吨的垃圾,寻找一具刚出生的婴儿尸体;吊车吊起河里呈巨人观的尸体,而我抱着双手,站在搭档身边叫他注意调整画面的白平衡……

这个阶段的我觉得自己的工作非常重要,顺带着觉得自己也很重要。虽然工作强度大,但是每天睡前都是充实的,对自己是肯定的。

没想到,这种工作带来的成就感和自尊,很快就分崩离析了。工作于我而言不再是幸福,而变成了一个极大的负担。

2. 转　　折

这种感觉始于一个夜晚。凌晨两点,我已经入睡,突然被搭档的电话吵醒。手机里传来他含混不清的声音:"你,你,你来加勒比,带上机子和话筒,要,要快。"他爱好喝酒,我起先觉得他是喝多了,但是以防万一,我还是起床拿上东西,打车往那个酒吧去。

加勒比是那座边境小城里最大的一家夜店,凌晨两点依旧吵吵嚷嚷,音乐声震耳欲聋。我穿过人群,在昏暗的灯光中寻找搭档,找了好久才看到他蹲在一张桌子前,手里紧紧拽着一个小女孩。孩子七八岁的模样,齐刘海脏兮兮地贴在脑门上,衣裤也是脏的,手指甲里全是污垢。

我和他一起把孩子带出夜店,这才听清他讲话。原来当晚是他朋友的生日,他们一行人喝得正高兴,这个女孩来到他们卡座前乞讨,他也是喝得不少,把身上的钱全掏出来给孩子了,孩子一下子拿了两千多块钱,开心得转身就跑。这时候他察觉到不对劲,这个年纪的小孩这时候应该在家睡觉,怎么会到夜店来乞讨?于是他追上去,一把抓住孩子,问她家在哪里,大人在哪里。没想到孩子十分抗拒,死命挣扎,于是他才联系了我。

我们正说着,派出所的人也到了。他之前一面联系了我,一面报了警。把孩子带回派出所以后,她一言不发,不论警察怎么问、怎么引导,她都不说一个字。后来警察只能恩威并施:"你要是告诉我们,家长在哪儿,家在哪儿,我们就能送你回家,那个叔叔给你的钱呢,他也不会再要回去了。你要是一直不说,我们也能查出来,不过到时候,就是叫你的家长来领你了。"

孩子咬着嘴唇,思索了一会儿,才怯生生说只记得路,不知道地址。我们和警察一起带着她回到了加勒比,根据她的指引,牵着她在大街小巷转来转去,转了小半天,也没找到她说的地方。当时一起出警的一位女警察察觉到孩子应该是在说谎,她示意我们退回车里,她一个人抱着孩子继续走。

这时候,我们都注意到孩子总是时不时看一下马路对面,而马路对面有一个瘦小的男人,不急不缓地跟着孩子和女警。"哎!站住!"车上的警察追了上去。那瘦男人看到警察，拼命逃跑，一下子就消失在巷子里。

看到这一幕，孩子大哭起来。男人逃掉了，孩子的情绪明显紧张起来，她一直哭一直哭，我和女警一起哄了很久才把她安抚好。

我蹲下身问她："你知道你住的地方在哪里，只是不想说，对不对？"

她点点头。

"跟着我们的人，是你爸爸吗？"

她摇摇头。

"你不希望他被警察带走，对不对？"

她看了一会儿警察，迟疑了一会儿，轻轻点点头。

女警示意我停顿一下，她回头和男警耳语了一会儿，蹲下来轻声道："你把地方告诉这个姐姐，她带你回家，行不行？我们就不去了，可以吗？"

孩子想了好一会儿，看看我，看看警察，看看我那醉醺醺的搭档，最后终于答应了这个方案。

最后孩子指的地方，在客运站背后的一条小巷中，那里的房子大多已经要拆迁了，很多屋子外面都围上了围挡。她指着一栋两层的民房："那里。"

我打开手机电筒，跟着她一步步上楼。楼梯上很多垃圾，楼道里一阵尿味，墙上的小广告满满当当，花花绿绿。上了二楼之后，我才发现这屋子里被几块木板隔成了许多的小方块，从布局看来，每个方块就是一个小房间。孩子指着一个隔间。

我心里有点儿害怕，心想他们怎么还没跟上来，但是没等我确认他们的位置，隔间的"门"已经被孩子推开了。屋里窸窸窣窣的，我把光照进去一看，惊到了——隔间里至少有十个孩子！

一张床，几个编织袋，十几个孩子像刚出生的雏鸡，惊恐地挤在一起。女孩飞快地爬上床，带着防备的眼神，和同伴们紧紧相依。一下子，我是真的不知道该怎么处理眼前的情况。好在另外几个人很快跟了上来。接下来就是各自向上级汇报，联系民政，把孩子安顿好……

那个跟着我们的男人也很快被抓到了，但是和我想的不一样，他不是拐卖儿童的，这些孩子和他都来自贵州一个非常贫困的农村。每年寒暑假，他就把孩子带出来到处乞讨，开学了再带回去。起初只是自己的孩子，后来村里人就把各自的孩子也给他送来，他成了这个异地乞讨组织的头头。

他已经犯罪了，但是无法抓捕他，抓捕了他，他的孩子就没人管了。并且这是异地人口，处理起来更麻烦些。最终的处理方案就是给他警告，给他买票，让他把孩子带回去。

"要是他带着孩子中途下车，照样可以继续乞讨，孩子们还是不能回家啊。"我提出了疑问。警察带着复杂的表情对我笑了一下："你说的是这么个事实，但是我们只能做到这里。"是啊，我们还能怎么做呢？只能做到这里了。

由这件事为起点，我对工作的认知开始慢慢发生改变，最终察觉到一个残酷的现实：一切都是徒劳，我什么也改变不了。

女子仅因为拒绝前夫的性邀请，被前夫砍成残废；八旬老人有六个儿子，却无一人赡养，独自腐烂在漏雨的小屋；跳楼的人站在楼顶，楼下的人在喊"你到底跳不跳"，最终那人满脸泪水一跃而下；堕入风尘的年轻少女带着四个不同父亲的孩子在街头流浪；塌方的铁路隧道被困人员不明，因为参与抢救的医生是女人被工人们赶出来；泥石流淹没了村庄，孩子掉落的头颅被泥冲着往山下滚；非法集资的人转移了钱款在庭上嚣张地笑对镜头，被骗的家庭陷入绝境以致母亲喝了农药……

外面的世界，真实的世界，它不是万花筒，它是地狱。我什么也改变不了，却要一直旁观那数不清的糟糕的人生。如果不在乎，你会变得冷漠；如果你在乎，它会摧毁你。我不知道应该如何处理这个在乎的程度，它让我那个关于海洋与浮船的梦出现的次数越来越多。

在工作的第七年，我开始每日不可抑制地怀念乡村和森林，怀念我的动物们，怀念在狗狗怀里的宁静。很长一段时间里，每天下班之后，不论天气如何，我都必须步行到公园去看树，坐在树下，什么也不干，什么也不想，闻着青草的香味，假想着自己又回到了幼年牧牛时的午后，风轻轻吹着。在我的乡村里，很多事都是确定的，我知道牛不会跑，也知道太阳会按时落山，我会和牛一起回到家里，吃上饭，然后进入梦乡。

我萌生转行的念头，并为之做准备。自二〇一七年开始，我找了许多晚上做的兼职，为了多攒一点儿钱，我把时间分成了几份，每一份对应一项工作。当时小城的平均月工资大约是两三千块钱，我辛苦攒了一万六千多。这一万多块钱里，我留了一千八做生活费，其余的全部攒着。日子一天接着一天，卡里的余额也一天天多了起来。

3. 集　　体

二〇一九年六月，我在医院做了一个小手术，用的是年假时间。后来时间到了，但还没有达到出院条件。部门领导将小小的权力运用到极致，所以请假的过程实在不是很顺利。于是思量过后，我以身体疾病为由，正式向单位递交了辞职申请。

我的分管领导，一位姓刘的副台长十分意外。虽然我早有预感他会劝我留下来，但是他开口的第一句话的确是我没有想到的。他问我："你父母同意了吗？"

时年我已经二十九岁了，自认为已经过了做事情需要父母同意的年龄。对于这个问题，我感到十分困惑。也许在他的认知里，一个农村女子辞掉体制内的工作是一件会影响整个家庭的大事；又或者，也许我们的社会，或者说我所工作的那座边境小城的文化体系里，一个单身的女子辞掉工作，是需要"管理者"，也就是父母同意的。

事实上，在长时间的成长和工作阶段，我经常感觉自己没有被当作一个独立的人对待。我很惧怕集体的概念，我是一个完全无法融入集体生活的人，适应集体对我来讲真的太难了。读过加缪的《异乡人》之后，我对此尤其有更深的体会。集体，尤其是我见过的集体，是一种非常分裂的存在，它要求你与众不同以便"创新化""多样化"，同时它要求你不能与众不同，必须"思想统一，服从安排，听从指挥"。

如果说日常工作只是在一种重复劳动中对职责的划分感到困惑的话，观看《切尔诺贝利》时，我对于这种责任制度的反逻辑有了一种可以用语言表达的体会。即，每个工作岗位上的人，都不是对自己真正在做的工作负责，而是对上级负责。

你可以判定风险和后果，但没有规避的权利。每当你对可能出现的情况提出担忧/建议/解决办法，大概率得到的回答是，这不是你该管的事。好笑的是，一旦担忧成真，责任就变成了你的，因为你是执行这件事的人。如果遇到糟糕的上级，那真的比踏入不适合的行业还要糟糕。这种隐忍、反抗、妥协，会把人的身体和精神慢慢掏空。

你花费的时间、精力和感情，没有任何价值，它们就像被挂在天花板上的海报，只有抬着头才看得到，但你只能低着头工作。你知道海报在那里，但是你永远没有机会去看一眼。

我也是到这个年纪才明白了一件事：人并非吃饱穿暖就会快乐，长期的价值观分裂是真的很痛苦的，不亚于生理重疾。每一天每一天，只要你踏进那栋建筑，坐上工位，你就不再具有个人的思维。明明心里想的是一回事，必须做的（譬如工作要求）却是另一回事，长期下去就会很撕裂、很痛苦。这是我做传统媒体那么多年最直接的感受。

我知道自己身处的世界，几乎每一个角落都是如此。可我的眼睛无法把看见当作没看见，把感觉当做没感觉，把规则当成正确，把恐惧当成梦境。我改变不了世界，只能救救自己。

如果想解脱只有两个方法：一是彻底同化成工作人格，从里到外都认可工作价值观，安安稳稳，永远幸福；二是脱离工作环境，去做愿意做的事情。当然了，不管选择一或者二都挺对的，都是在对自己负责。或者对很多人来讲，这几乎不是一种选择，而是一种自然而然：自然地融入，自然地生存。

你知道机器在运转，你知道有一天机器的齿轮可能会把自己的生活卷碎，但你会一直一直做机器上的一环，来避免破碎之前就先被抛弃。

这份工作给我的最后一击，来自一位同事的表彰会议。他之所以被表彰，是因为他在一次工作中突发眼疾，为了不耽误工作，他硬撑着痛楚，冒着双目失明的风险，坚持完成了工作。

在会议上，我的冷汗止不住往外冒。那不是感冒，不是咳嗽，不是一条细细的伤口，那是一双眼睛，失去了就不可能再复得的眼睛——究竟有什么新闻，能比一双眼睛重要？

看着台上一开一合的嘴，看着受表彰的同事露出腼腆的笑容，我的脑门似乎被天花板上凭空伸下来的手轻轻地弹了一下。终于明白了：新闻可以没有我。就算没有我，新闻也依旧存在，但我如果没有眼睛，那是万万不能的。

也就是在那一刻，我下定了决心，不能再继续下去了。

这不是控诉，也不是告白，就是一种倾诉。我得把我的感受从身体里剥离，放在这里，才能把原来用来盛放这些内容的空间，腾出来放别的东西。

辞职信交出去的那一天，累积了数年的不适感，终于从我身边远去了。

结婚那一天

辞职以后,我在家里休息了很长一段时间,一方面是养身体,另一方面也是给自己一个长长的假期。有一则地狱笑话说,如果你自杀成功,人们会说"现在的人压力太大了,真是可怜",但你说你想休息一年,人们就会觉得你疯了。

当然了,我的休息和生活压力没有太大关系,就是单纯地想休息了。从五六岁开始干农活儿,之后就是不间断地打零工、学习、工作,二十九岁了,似乎从来没有认认真真地、真正意义上地休息过一次。

刚辞职回家的时候,心情十分愉悦,每天睡到自然醒,吃早餐,散步,看看电视。由于我的状态与退休人士无异,所以把这段时间称为"退休生活"。退休后的生活没有我最初想的那么轰轰烈烈。交辞职报告的那一天我以为时间大把、无忧无虑以后,我一定会怼天怼地狂乱发泄八年社畜生活堆积的闷气，实际上并没有，一件刺激的事都没有做。硬要找一件刺激的事情出来，那就是结婚了。

结婚绝对是一件比较刺激的事情——就很奇怪，开车都需要考驾照，但是结婚和生小孩却可以说来就来，感觉问题很大。不过说归说，结婚那一天还是令人难以忘记，因为当天发生了非常有意思的事情。

二〇一九年七月四日，是我出院的日子，当时丈夫还是男朋友，他说："要不咱们去登记吧，今天应该人不多。"我看天气还不错，就同意了，于是两人查了一下地址，就带着证件打个车去了。

到了登记处以后，来办事的就我们两人。工作人员先告知要婚检。手术后的我很瘦很瘦，手臂上不少抽过血留下的针眼和淤青，我丈夫心疼我，就问："我爱人可以不抽血吗？"工作人员告知不行。然后我们就老老实实去做检查了。

从我和丈夫各自走进检查室的那一刻起，故事开始了……

体检室里两个女医生开始轮番问我，是否有婚前性行为、是否有过妊娠、是否有遗传疾病等内容。虽然觉得问得有点儿奇怪，可咱也没结过婚，没经验啊。我以为都是这样问的，老实回答了所有问题。

然后医生顿了顿，又严肃地问我："他有强迫你吗？你是自愿的吗？"

我一头雾水，我说："自愿的啊，没有强迫。"

然后她们又像聊家常一样，问了一些哪里人，做什么工作的，和男朋友认识多久了之类的问题，我也老老实实回答了。

婚检做完，就去登记了。我问丈夫，医生有问他这些问题吗，他说没有啊。当时我虽然觉得有点儿奇怪，可是也没多想，我以为结婚就是这样的，人人都是这样的流程。

到了登记窗口，工作人员也问得很奇怪。她问我："是自愿和这个男人来登记的吗？家里人知道吗？还有别人知道你们要登记吗？你知道盖了章领的这个证是什么意思吗？你知道结婚证是干什么的吗？"

我满头雾水，丈夫更是云里雾里的，我俩大眼瞪小眼，都懵圈了——原来结婚这么严格哪，还以为交了证件就会发结婚证了。我慢慢地回答她："我知道结婚证意味着什么，我自愿来和他登记的。"

听完我的回答，工作人员还是迟迟没有盖章。只见她把手抬在半空中，郑重其事但是近乎焦急地脱口而出："你，你只是说话有点儿问题，智力什么的，其他方面，正常的对吗?"

我和丈夫四目相对,哈哈大笑。

这时候我们才明白,这半天工作人员究竟在紧张什么——因为我手术部位在咽喉,伤口很大,讲话有障碍,并且音色很古怪,听起来有点儿像有智力问题,加上我是外地偏远山区户口,在丈夫的城市登记,所以工作人员生怕我是被骗来或拐来登记的。我们自己是因为已经习惯了,所以完全没意识到对别人来说我的表现是有一些奇怪和引人注目的。

我俩连连解释带比画地说明了手术情况,并且告知是哪天在哪家医院做的手术等信息。听完解释,工作人员脸都红了。后来她们乐了,我们也乐了,几个人在登记处笑作一团。她轻松地在红本本上盖上了章,说祝你们幸福。

我和丈夫在民政局门口拦了一辆蹦蹦,去附近吃了一碗米线,然后就高高兴兴地回家了。

我内心的另一个房间

除了自序中那个美好的房间之外,我的心中还有一个他人无法进入的房间,里面杂乱无章地堆满了难以整理的物件。那些物件从我记事起就开始堆积,足足堆积了三十多年。

说实在的,我一直不知道这个房间应该从何处下手收拾,所以本能地逃避着,假装它不存在。但是随着年岁渐长,它对我的影响越来越大。

我想,也许写下这本书就是一个很好的走进这个房间的机会。在经历了长达数个月的磨蹭和拖延之后,我终于在一个暴雨来袭的凌晨四点,鼓起勇气推开了房门。

门后堆积的东西太多,我使了好大的劲儿才把房门推开。一片片困惑首先从门缝里哗啦啦地掉落出来。

1. 对家庭的困惑

首先就是对家庭的困惑,尤其是对父母的不安全感——一旦知道他们是很脆弱的人之后,我就会变得害怕。

我已经记不清是什么时候意识到这一点的了,好像就是某一次和父亲交谈时,我们之间陡然建立了一条通道,他的胆怯、混乱和困惑顷刻间传递到了我的身体里。可是细细想来,那并不是什么"顷刻间"的传递。我其实一直知道父亲是一个胆怯的人,只是年幼的我需要一个刚强的形象和榜样,来支撑我走过铺满砂石的童年,所以在我的记忆里,对那部分的父亲进行了美化和想象。

我认为父亲最大的怯懦就是过早地向我和姐姐表达了他的恐惧和伤痛。他告诉我们他吃了多少苦,阿妈吃了多少苦,他们的人生是多么地艰难。年幼的我们本能地感受到这些痛苦,在他们的教育下也自然地肩负了拯救父母和分担苦难的责任。但我们那么小,不管是在情感还是具体的生活里,都是难以完成这个任务的,于是愧疚和不安久久地停留在内心之中,不知如何消解。

我明白父亲的人生就是一部苦难史,但年少时我一直没有弄明白他的苦难来自时代和命运,我和姐姐就算搭上一生去努力,也不可能完成对他的拯救。这件事其实我一直到现在也没有想明白,我不知道子女对于父母的体谅究竟应该止步于何处。愧疚像一层老化的皮,毫不舒适地粘在完好的皮肤上。

母亲亦是如此。我已经不知道多少次在文字中提到过，我挨了母亲的很多很多次打，印象最深的几次都伴随着流鼻血。有一次去赶集的路上——我和姐姐能去赶集的机会不多，那一天我早早就穿好自认为还算整洁的衣服，和母亲以及村里人一块儿步行去赶集。路上发生了什么，我已经记不清了，只记得母亲的拳头落下之后，我的鼻血热乎乎地流出来。

感受着热腾腾的、难以停止的鼻血不断从鼻腔里流出来，滴在衣服上、鞋面上、地上，我的心里首先涌来的就是恐惧。我怕这血永远不会停下来了，于是小跑到河边，撩起冰凉的河水冲洗我的鼻子，可血依旧一直流，一直流。

经过一段时间的尝试之后，我终于选择了放弃，号啕大哭，一边哭一边往家的方向走。我不再管鼻血，它尽情地顺着我的下巴流到我的身体上。我能听到山谷里回荡的都是我的哭声，一直到走回家里，母亲和姐姐也没有追上来。我始终难以忘记那一天的我是多么地无助。

母亲的成长过程算不上甜蜜，童年的她被外公殴打的次数不在我之下。她的一生都活在边缘线上，我能够在相处中的每一件小事上感受到她为了向自己和他人证明自己的存在所做出的努力。然而，她无法承认自己过往的人生是糟糕的，她的痛苦到了她这里被压抑、否认和隐藏，然后到了我这里就爆发了。我承受不了这份痛苦，所以本能地选择了逃避。这种逃避避开了伤害，也错失了一些母女之间进行更深度的互相理解的机会。

当然了，对于我的母亲来说，她也许永远无法理解我。但是我可以理解她，因为我比她经历了更丰富的人生。所以我不恨我的母亲，我只是无法喜欢。曾经因为这种无法喜欢，我对自己进行了长达数年的指责和自省，最终发现都是徒劳，自省并没有增加我们的可能性。当我放弃自省，自然而然地尊重自己的感受时，一切反而好了起来——我的母亲已经六十几岁了，她比我想象中更坚强，是我一直忽视了这一点。

我必须承认我喜欢父亲多过母亲；我也得承认父亲就是没有那么地喜爱母亲。他们之间与其说是爱，不如说是捆绑和契约。阿爸总是说："很多时候受不了你阿妈，就会想她是在我一无所有的情况下嫁给我的，在我家吃了那么多苦，并且带来了你们姐妹俩……我就没法做出别的举动。"

爱是一件非常具体和易逝的事情，它需要长久的感受和堆积才能被确定。很多时候我会回想，喜爱、关爱、疼爱，这样的感受在我们这个家庭里是很稀有、很令人印象深刻的事。它不是不存在，但它不是一直存在。我努力地记着所有和它们有关的瞬间,在人生的很多时刻拿出来反复咀嚼,以治愈人生带来的伤痕。

2. 对婚姻的困惑

搬开这部分对于家庭的困惑,我往房间内部继续走,迎面而来的就是一个大纸箱。打开一看,里面保管的是我对于婚姻的困惑。

人真的需要婚姻吗?这个念头无法自持地反复出现在我的脑海里。起初我以为我的选择和性格,可以在婚姻中保持最大限度的自主性,但实践之后才发现完全不是那么一回事。

婚姻,把两个人绑定在一起,不,应该说把女人绑在了男人身上。他的焦虑会成为我的焦虑,他的苦恼会成为我的苦恼,他的家庭会成为我的家庭。尤其最后这一点,是最让我难以承受的。我连怎么和我的父母相处都没弄明白,又应该如何与一对陌生的老人相处呢?

结婚之后,我才正式开始观察丈夫的家庭:沉默的父亲,抱怨的母亲,受伤的孩子。他们之间无法正常地、温和地沟通,只有互相吼叫,才能理解对方的信息——或者说假装理解了对方的信息。

他的母亲早早失去了父亲,由没有文化的哥嫂抚养长大,自己也没有读书,所以言语难掩粗俗和暴戾,且因为从未得到过真正的权利，所以她在用近乎自虐的方式为家庭付出，同时又坚持在夹菜的顺序、吃水果的方法、喝水的量等细枝末节的地方折磨所有和她相处过的人，就像大部分失权的母亲最爱做的那样。且因为无法从其他地方得到爱，孩子就变成了唯一可以掠夺和获取的来源。

曾经我认为，只要不住在一起，其实婚姻只是变成了具有合法性的家庭关系，我们还是可以保持相对的独立，我却忽略了亲缘关系在实际生活中的影响。就算不住在一起，对方父母的影响也是长久的、持续的、无孔不入的。这实在是令人难熬。很长一段时间里，只要他的手机铃声响起，我就会本能地开始担忧，不知道这一次他的母亲又会给他带来什么样的情绪宣泄。

再者，婚姻使人的感受能力变弱了。我不知道为什么会这样，但是好像因为变成了夫妻，所以我们开始不再重视彼此的感受，不再感谢对方的退让和付出。这着实让人伤心。

退回到最初来讲，我们究竟是因为彼此相爱，只有组建家庭才足以缓解爱到不能自已？还是因为觉得齿轮转到三十岁，就应该结婚了？是因为真的看到彼此身上珍贵的东西，想用身心去守护那一份难得？还是只是因为男要贤惠、女子慕强？我是不是把自己前半生中的贫穷带来的不安和工作带来的影响,打包挂在丈夫身上,企图通过这种偷懒的方式,把自己应该负责的人生抛给了他?

很多问题经不住细想,我的朋友告诉我,难得糊涂,糊涂着糊涂着,日子才能过下去。可是,如果最底层的逻辑就出错了,在它上方建立起来的东西,又怎么会稳固呢?如果它不稳固,那我真的需要它吗?我应该把这种不稳固,带去给我的丈夫吗?这样是不是太不负责任了呢?

3. 对伤害的困惑

而在婚姻之后,我在房间的最深、最深处,看见了我最重的负面记忆。它们被刻意堆放在角落里,一摞压着一摞,压得死死的。因为不通风,它们之中有的已经霉变了,有的被老鼠啃成了碎片。我深吸一口气,做好了心理准备,蹲下身在一堆碎片中,找出了一块完整的关于伤害的困惑。

小孩子是不知道善恶的度的,只知道"我喜欢"和"我不喜欢"。差不多是八岁开始吧,我不小心成了其他小孩心中那个"我不喜欢"的人。我不明白为什么是我。

如果书包里有青蛙、蛤蟆和蛇算是轻的,去厕所旁边的水池里捞书包和书也不算太糟糕,被剪刀绞掉头发也还会长出来。但我至今想到就很想哭的,有那么一件事情,发生在厕所里。

是那种旱厕，地上爬满了蛆，粪坑深不见底，那个蹲坑好大好大，我怕得要死，怕站起来就会掉进去。有一回周五搞大扫除的时候，轮到我们班冲厕所，可是来了好几个不是我们班的人，她们叫着给我取的外号，把地上的蛆用灰斗铲起来倒在我的头上。我尖叫着边抖掉身上的蛆边跑开，她们拦住厕所门把我逼回角落里，然后用长长的木棍把大便挑在我的身上和头发上。

我浑身颤抖，尖声大叫，终于来了一个五十多岁的女老师。她说："你们干什么！快帮她洗干净！你，不要叫了。"

老师走了以后，她们确实有帮我洗干净，用水桶一桶一桶把水泼在我的身上和蹲坑里，溅起更多的大便。那些大便、厕纸和蛆被水冲开，在我眼前飞舞，我只能紧紧闭上眼睛。"要是现在就死掉就好了。"我想。

那天我去池边洗了很久很久，感觉怎么也洗不干净。最后知道洗不干净了，决定穿着湿衣服走两个小时山路回家。

路上遇到一个放牛的阿公，我每周五回家都会遇到他。阿公问我："怎么你自己，你阿爸呢？"

我摇摇头，我不想再说汉话了。

阿公讲："穿湿衣服不行的！小孩你穿阿公的衣服吧。"说罢把一件臭臭的、领口和袖口都磨烂了的的确良长袖衬衣递给我,然后去赶牛了。

我把湿衣服换下来,放进编织袋里——是一个化肥袋子做成的单肩包,我自己做的,平时可以装饭盒,假期可以挖草药和捡菌子。

但阿公和我不是一个行进方向。"下星期放学再还我吧。"

回到家天已经黑了,阿妈还没回家。我把甑子蒸上米饭,自己用酸菜和猪油拌了饭,吃完把衣服洗了就去睡了。

可就算换了学校,换了年纪,换了地方,小孩还是能在人群里精准识别那个最好欺负的小孩。我不懂为什么。

所以初中还是一样地不好过。县城的小孩欺负人没有那么野蛮和直接,她们更喜欢获得一种心理上的服从和认输,而不是直接造成身体上的伤害。"千万不要惹到她们。"和我一样是从村小考进来的隔壁班小白一再一再提醒我,我也有好好听,看到就绕道,但还是惹到了。

惹到的原因太无厘头了,就是上下楼梯的时候没有及时让道。这触犯了某团体大姐头的"威严"。从那天开始我经常挨揍,有时候是因为没有给她们递答案,有时候是因为没有帮她送信,有时候是因为她觉得我的声音很恶心,有时候好像也没有什么理由,一到周五就会挨揍……

挨揍到，差不多初三吧，我觉得自己几乎已经麻木了。终于有一次，她们在澡堂揍我的时候，我的鼻血顺着水流到平坦的胸部，再流到地上。"要哭了要哭了哈哈哈，要哭了。"她很兴奋。我把头发拨开狠狠地盯着她，说："你今天最好打死我，如果你打不死我，明天我就杀了你。"

她稍微愣了一下，又打了我一巴掌。"走了走了，回家了哎呀。"这样漫不经心地说着，带着她的跟班离开了澡堂。

中考前差不多四周的时候，大扫除我打水拖地时，被人推进了莲花池，溺水漂起来才被一个体育老师发现。救活了，但不了了之，既没有找罪魁祸首，也没有通知家长。之后的记忆太模糊了，任我再怎么想也想不起来了，到底为什么不了了之了，到底是为什么，我完全记不起来了。

高中时候学卡夫卡的《变形记》，我在课堂上哭了，止不住地放声大哭，哭得停不下来。"如果现在死掉就好了。"我趴在桌上边哭边想。

同学们都觉得很惊奇，被吓到了。语文老师把我带到办公室。她捋一捋我的衣服，按着我的胳膊，看着我的眼睛，对我讲："小孩子的时候确实会觉得很无力、很糟糕，但是变成大人会好很多的。要坚持长大。要坚持。"

虽然大人的苦是不一样的苦,但变成大人确实有好很多,有了很多选项,明白了很多小孩时候觉得很绝望的事情的原委,知道了不是自己的错。有钱了,那些做也做不完、再做也做不完的农活儿不用再做了,不会再在阿妈生病时买不起红糖,不会再在医院的楼梯间里咬着手指头哭,当然好像也再没受过冻,因为挨冻缩紧身子缩到肩周都在痛的日子,似乎也不会再回来了。

我的解放日志

1. 恐慌来袭

如果会产生想死的念头,是可以去看医生的。但是我一直到二〇一三年秋天才懵懵懂懂明白了这一点,并且鼓起勇气去医院进行了咨询。

医院并没有给我药物,而是让我转去心理科室,我甚至都想不起来那个科室的名字,只记得在综合楼三楼,窗外是一个基督教活动中心。医生没有给我太多的建议,谈话过程非常简短,简短是因为我中途逃跑了。

她实在是很喜欢用反问句:"难道你……吗?"这个句式太多了,我感到紧张和压抑,想直接跳到那个基督教活动中心去。这种想跳下去的冲动要把我逼疯了,在她的连续反问中我抓起包包落荒而逃。

听说总是想死是因为脑袋里某种分泌产生了问题。除了脑部产生的生理变化,还有什么让我一直想死呢?我也不知道。

从心理医生那里逃跑那天,我救了一只因车祸被轧断双腿的猫猫,治了很久,伤口一直不好,清创清了一次又一次。有一天我下班回家检查它的伤口的时候,看到伤口的旁边有一些很细很小很密的蛆在蠕动。我抱着巴掌大点儿的冰凉的小猫,坐在地上。出租屋的地板很潮湿,有很多鸟粪在窗台上,外面树影摇曳,在玻璃上一晃一晃的。"要不现在就死掉算了。"黄昏时分我把猫猫带去桥底下埋掉,回到家里吃了两整盒不同的药,躺在床上静静地等待死亡的来临。

头很晕很晕的时候,我想到我的狗狗,《内心的房间》里提到的那只一直陪着我的老狗,我觉得心口很痛,眼泪倾泻在耳边,流进头发里。耳朵嗡嗡作响,犯恶心,蚊帐转啊转,树影转啊转,我趴在床沿用力抠喉咙,把胃里的东西都吐了出来。我打了一辆车去医院,把吃的药都告诉了医生。

我没有顺利死掉,并且开始寻找一些活下去的办法。我看到别人分享说:"要保持运动,要规律吃饭,就算是逼迫自己也要运动和把东西吃进去。"运动和规律饮食确实有非常直接的帮助,尤其是生理上的帮助。如果吃进去的东西被吐出来,我会把食物煮得软一点儿,慢慢地一点点吃。一个鸡蛋不行也没关系，吃半个也可以。中间还是会有尖叫、撞墙、哭泣，以及焦虑时咬手臂咬出血等行为。

那时候经常一哭就会昏厥，然后再自己醒来。后来我在贴吧看到有一个女生分享说，她会给自己掐表，可以哭五分钟，五分钟之后不论如何也要停止哭泣，去洗澡或者去户外走动，总之不要一个人待着。我当时有去试试看，虽然没能控制在五分钟以内，但是缺氧昏厥的次数在慢慢减少。

自从开始有意识地自救之后，我的情况好了很多。但是好景不长，疫情期间发生的种种事件给我带来了重如巨山的痛苦，它们再度把我拖回难以挣脱的泥沼之中。二〇二二年十二月，因为几年间反复发作的呼吸性碱中毒和肠易激综合征而去求医之后，我确诊了惊恐障碍。

确诊之前的最后一次发作，是在我第一次感染新冠病毒的时候。丈夫的父亲在一个凌晨平静地死去，一边是我高烧四十度，一边是父亲去世，丈夫只能先顾父亲，我则一个人留在我们居住的家里。当时最短缺的就是食物，我想那种混乱不需要描述，我们曾身处其中的每个人都能够理解。我摇摇晃晃地起身到厨房用原先积累的速食产品来填饱肚子，之后便昏睡了过去。

醒来的时候是一个晴天,丈夫说:"排队一天一夜,终于领到老汉的骨灰。"他发送给我的照片里,阳光照在骨灰盒上。我说:"老汉喜欢晴天,他好好地去了。"回完信息,我毫无预兆地流起了鼻血,止也止不住,一直到丈夫回到家中,我还在卫生间里处理不断流出的鼻血。不知道过了多久——我感觉过了很久,事实上可能也就几分钟,一个念头出现在我的心里:我永远也无法止住这鼻血了。

就在同一时间,我呼吸急促起来,换气困难,眼前一片漆黑,全身发麻,手指抽搐呈鸡爪状。丈夫叫了急救,焦急地说:"我的妻子惊恐发作了,非常严重,需要医疗救助。"

我清晰地在手机里听到接线员回复:"惊恐?什么惊恐?她在害怕什么?你叫她不要害怕嘛,或者,你快点儿把她害怕的东西拿开。"我看到了他脸上的无语和生气,这极大程度上加剧了我的症状,于是最严重的一次躯体反应出现了——我大便失禁了。我看着脏内裤,又一阵更加剧烈的恐慌袭来,彻底不省人事。

在那之后,恐慌频繁地攻击我,以前可能一年一两次的频率,那段时间几乎是每天数次。我像一只受惊的鸟缩在房间里不敢动弹,夜夜听着自己如鼓点般的心跳,无法入睡，也无法醒来。

二〇二三年一月的一个晚上，我终于坚持不住了。我说："我坚持不住了。"丈夫看了我好一会儿，才意识到我说的"坚持不住"是哪一种"坚持不住"。他在第二天清晨带我去医院排了很久的队，看上了医生。

现在想来，对于他的帮助我依旧十分感激。如果那一夜他没有醒来，也没有听进去我说的"坚持不住了"，更没有带我就医，也许我的人生就止步于当时了。

2. 极致的孤独

实际上在我不知道什么叫"恐慌症"的时候，就已经被其困扰许多年了。它没有预兆，也不知从何而来，会在什么时候决定袭来。我甚至都记不得自己是哪一天开始变成这样的。

恐慌是一种很特殊的体验，濒死感，窒息感，失真感，对环境的恐惧感，对人群的陌生感……每一次它都不一样，花样很多。有时候它让我无法行走，无法交谈，不能呼吸；可有时候只是打个喷嚏的工夫，它就过去了。

我无法让另一个人理解我的感受，也不能把这种感觉清晰地用言语表述出来，但是每当恐慌袭来，就能立刻感觉到孤独。即便所有爱护我的人都在咫尺处，孤独感还是会在瞬间把我的情绪拉进几千尺的海底，四周静寂无声，耳朵被密封，只有水压重重压住我的胸腔，眼球像要被按回颅内。真是一种极致的孤独啊。

我一直很想做一个自己标准下的"勇敢的人""强大的人"，实际上这个标准非常模糊，有时候我觉得自己做到了，有时候又觉得自己笨得离谱。

人总是在自我评价和他人评价之间反复感受、反复试探，通过触摸来组成一个模模糊糊的自我形象。我不知道他人对"自我"这一事件的认识究竟有没有一个清晰的画面，于我而言，这真是太难了。

已经相处三十余载，我仍然不知道我是一个怎样的人，我应该怎样对待自己、对待他人，我会做什么、能做什么，我应该或者不应该做什么。这让我感到困扰。

反反复复的恐慌发作和各种各样的躯体症状加剧了这种迷茫，我像一个魂魄游走在白日之中——人群无法感知我，我亦无法触碰人群。

对人群的恐惧日益加剧，终于到了影响正常生活的地步。不安了一夜以后，写下这段文字的这一刻似乎又好了一些。因为……最坏不过也就这样了吧，我好像也没有损失什么，胳膊四肢都好好地长在身上，眼睛鼻子也没有疼痛，肚子还是饿的，对小猫也还有喜欢。小猫也还是喜欢我，身边的人也还是喜欢我，似乎并没有什么变化。

我不禁在想，或许这个三维世界的运行规则里，是允许人"不是勇敢的人"或"不是强大的人"的，因为某些弱的存在，才让强有了意义。或许追逐强大本身就是一种妄念，我们并不能真正意义上有多么地强大。

有人讲，恐惧的时候想想宇宙，人不过沧海一粟，很多问题便解脱了。然而这种想象让我更易陷入恐惧，陷入对自己存在的怀疑里。所以在每一个被惊醒的深夜或清晨，我更喜欢在枕边的本子上快速地写下我最喜欢的词语们：

小猫，小狗，牛肉面，薯条，阳光，柔软，小鸟，草地，马房，松树，米饭，牛奶……

重复几次以后才会慢慢平静下来。

尝试之初怎么都平静不下来，会急得直哭。重复的次数多了之后就开始有用了，很多时候做完这些以后还能顺利再睡一会儿。

只是对人群依旧恐惧，依旧害怕在人群中暴露自己的声音、样貌和思想。

从前还与央视连线直播、承接大型项目的现场任务、在人群中反复周旋调查来寻找一个真相……当时全然不知道什么是害怕，现在回想总觉得恍若隔世，又有些好笑：人真是有意思，各种各样的可能性集聚在同一具躯体上。

或许不会再回到从前"正常的日子",但总会好的吧。又或许,我的正常状态本来就是现在的样子,过去的种种本就是身体因对世界误判而产生的反应?

不管怎么样,一切都会慢慢好起来的。如果一个人还能说出来哪怕一个喜欢的词汇,世界就不应当放任她孤独。

3. 我的解放日志

惊恐障碍让我的生活彻底发生了改变,但不知为何,在一次次躯体症状发作之后的一个凌晨,我猛地一下就弄清楚了在我内心深处,真正一直禁锢着我的,其实是我自己。婚姻也好,事业也罢,人际关系,亲缘关系,这些东西之所以让我觉得不安,最根本的原因或许并不是他人,而是自己。

我一直不信任自己,所以由我为起点的所有事件,我都无法确认其可靠性。贫穷是一件很坏的事情,它会让人对自己不信任,过度思考和自身相关的事情,问了太多为什么,问着问着,一切都会变成自己的过错。这样的思考消耗了大量的精力和时间。

我渴望宁静,渴望更高的生存质量,那我首先应该做的就是放松下来。我决定解放自己,不再做多余的思考。

二〇二三年,我终于开始正视内心另一个房间的存在，积极自救，理性看待治疗，接受医生的建议，开始服用药物。

起初很艰难，药物的适应期带来的躯体症状，数次令我想要放弃。幸运的是，这一次我遇到了一个好医生，他耐心地引导我、鼓励我，一步一步克服障碍。连续用药两个月左右之后，躯体症状终于渐渐消失了。我终于摆脱了长久以来那说来就来的呼吸困难，睡眠也逐渐变得多起来。

是药物当然会有副作用，它让我的记忆渐渐变得模糊，从长片段变成了短片段，甚至开始慢慢变成点。有的时候，我只记得一件事带来的感觉，却怎么也想不起来那具体是什么事了。昨天的事比较清晰，前天的事就忘干净了。为此，我买了许多小本子，用来记事情。

它还使人发胖，我的体重在很短的时间里长了二十几斤，所有的衣服都需要重新购置。因为长胖，人生中第一次体会到圆乎乎的肚腩是什么触感。摸到副乳那一天我还吓了一跳，以为自己长肿瘤了，在线问诊搞清楚是副乳的时候，我先愣了一下，然后拿着手机坐在地上对着镜子哈哈大笑起来。

听起来并不美好，不过它们和呼吸困难、四肢僵硬比起来，都是可接受的。我愿意接受这样的置换。

用药一年以后复诊，终于减了药量。医生说："你是我最老实的一个病人,能坚持下来用药,现在预后这么好,是你自己的功劳。"

我说:"别人恢复得不好吗?"

他摇摇头:"总是害怕吃药,自己悄悄地减量、断药,然后复发,又从头开始……"

"我坐长途夜班机都没再复发的话,以后应该也不会再复发了吧?"

"应该不会了……不,不要想着它'应该不会复发',你就想着,就算它复发了,也不是什么不得了的事,反正是病,吃药就能好。我们有过这次成功的经验,就不会再害怕了。"

他把我和他这个看病吃药的过程称作"我们",又告诉我"不是什么不得了的事",这让我增加了很多信心。

身体慢慢变好以后,我想是时候为自己的婚姻负起责任来了。我和丈夫之间进行了几次时间很长的对话,把我们各自的创伤、恐惧、阴暗、渴求……毫无保留地交换了一遍。最后一次对话结束后,我们决定分开。

这段记忆倒是十分清晰。那是一个夏天的午后,外面很热,屋里开着空调,吹着电扇,我坐在椅子上,丈夫坐在床上,说到决定分开的时候,我们流着眼泪拥抱在了一起。

"我不能用我自己糟糕的家庭来束缚你,"他说,"你应该过无忧无虑的生活,而不是被困在婚姻中。"

"你也是,"松开拥抱,我们换成了手牵手,"要对我负责这件事让你增加了许多焦虑,但你不必为我的人生负责了,我会自由的。"

他笑起来,笑着笑着又哭了,呼出一大口气,像是卸下了重担。

我们又拥抱在一起。

离婚的事很顺利。从提交申请到冷静期结束去领证,我们都是一起去的,因为牵着手,以至于民政局的工作人员以为我们是去结婚的。

排队等待拿证的时候,一位年长的女性向我哭诉:"你说婚姻到底有什么用?那么多年跟着他,从一无所有到现在,他拿钱去养小三。婚姻没有用,你说对不对?"

她泪眼婆娑,想要寻求认同,我和丈夫交换了一下眼神,同时对着她点点头。她反而愣住了,擦擦眼泪,落寞地坐在一边,背过身,不看她的丈夫。

为了庆祝我们结束近五年的婚姻,朋友们抽空聚在一起,和我们一起吃了一顿火锅。那天气氛很好,我们之间因为婚姻产生的间隙随着火锅升腾的水汽飞到屋顶,消失不见。我们终于又成了对方刚认识时的那个好人。

带着各自的祝福,我们都离开了重庆。前夫去了深圳,而我回到农村。

熟悉的乡村毫无保留地接纳了我,我每天都会带着狗出去走一走,走进森林里,也不做什么,就是看看树,看看鸟,然后再回家生火煮饭。太阳太大的时候,就在家里写作,晚上很早就入睡了,清晨再被门前的鸟叫起来。

我已经下定了决心要彻底地信任自己、接纳自己的感受。所以当我累了,不管几点,也毫无负担地立刻躺下,饿了就立刻吃,打雷下雨、心里感到害怕的时候,就大声哭出来。

4. 我与写作

在那段时间里,我十分仔细地思考了自己想做的事和能做的事,它们之间的重合点落在了写作上。自然而然地,首先产生的就是"我该不该写"的问题。

说实在的,许多时候我会想,我的写作过程和成果真的有意义吗?会有人看吗?是文字垃圾吗?我在自取其辱吗?这一切真的有必要吗?

不过这事儿没困扰我太长时间,一方面是因为读了很多女性创作的文学作品,听了很多播客,在感受到陪伴的同时,用理论武装了大脑,增强了信心;另一方面是得到了很多正向反馈,素未谋面的网友(大多数是女性网友)

无私地用自己的智慧赋予我的文字更深的意义，实现我对自己作品的二次理解，这实在是一种莫大的激励。所以在决定选择继续写作时我坦然了许多：我要代表"我"这个主体，在这个世界上留下我的声音。这是我最直接的内驱动力。

试想，如果一百年前的女性，即便是文字表达能力不如张爱玲、萧红的女性，也普遍且大量地留下了文字，现在的世界是否会有些不一样呢？

即便是在女性也能够普遍接受教育的现在，女性和女性之间的命运鸿沟依然巨大，那么作为这个鸿沟中间地带的我，是不是也可以留下一些声音，展现我看到的世界、我眼前的场景、我心里的感受？

如果"我"留下来得越来越多，"她"和"他"看见得也越来越多，这条女性和女性之间的鸿沟、女性和男性之间的鸿沟、人和人之间的鸿沟，会不会在下一代、下下一代渐渐变窄呢？如果我们有机会为将来的女性创造更优的环境，似乎没有什么理由不去这样做。

我时常会如此想，却没有勇气说出来，一方面觉得自己的文化理论不够深刻，说起来有些苍白；另一方面，我本身并不是一个理想主义者，这样稍显"文艺"的论调不像我的个人风格。然而我看向周围，有很多女性在勇敢地留下声音,也依然有很多女性怀着和我一样的迟疑和畏惧。

这就是我坚持写下去的理由吧!我在迟疑中书写,在自我怀疑中不断输出自己内心的想法,如果被另一个昨日的我看到了,也许她就会得到一些力量和鼓励吧?如果就是在今天,她提起了笔开始书写,开始表达,那么在下一个一百年后,"我们"的文字和思想,应该也会和如今大不一样了吧?

在确认了写作的合理性之后,接下来就是"写什么"的问题。

这世界上写作的人这么多,我该写点儿什么呢?思来想去,能写的只有我的生活,我的农村,我的眼睛看到的人们。"人类的内核就是悲剧","不要宏大叙事,爱具体的人",这是我所有作品的核心。

我总是看到悲剧,与此同时也看到悲剧中互相抚慰的人。在注定是悲剧的底色里,人还是在前进,在互相拥抱、互相安慰、互相分享,对比让我愤怒的人,他们显得更有力量。互相安慰的人们身上有一种英雄主义,他们在用自己的人性发着光亮,覆盖着悲剧的底色。情绪一环套着一环,我很高兴它的终点让我得到的是积极、正向的"意义"。

在感到这种振奋之后,我立刻想到了另外的一件事:在这个世界上,真正黑白不分的人是少数,努力分开黑白的人则是极少数,而往往正是这相反的两类少数派在影响事物的发展,要是不想堕入黑白不分的世界里,那就得用双脚投票,得站在后者的阵营中大声呼喊,才能盖过前者的声音。所以很多时候我会告诫自己,不要沉默,不要沉默,就算声音很小,只能慢慢地说,但一定要说。坚守自己的阵地,不要把脚下踩着的地方让给你所不齿的人。

想明白了"写不写"和"写什么"的问题之后,创作的欲望在我的心里愈发蓬勃,写作真正成为我的寄托和事业,也为我带来了基本的生存保障。二〇二三年的秋天,我写完了三十万字的小说《一碗水》,顺利拿到出版邀约。之后踏踏实实大睡了半个多月,约着爬山认识的朋友们一起去爬了很多山,一直到冬天来临,山上结冰,才停下来。

创作并没有停止,二〇二四年春夏,我又写了两部女性题材的小说,《渔人结》和《逃离月亮坨》。前者拿到了出版合同和影视改编合同,后者则获得了二〇二四年年度征文的奖项。冬天来临时,又慢慢地写完了现在这本散文集。

我从未如此畅快地写作过,写作的时候,再也没有

"我"这个概念。我写着眼睛看到的、耳朵听到的、心里自主生长出来的，就这么自然而然地让语句从手里产生，一句连着一句，不担心有没有人看，也不在意会不会暴露了太多的情感和隐私，不在意它会不会带来所谓的"意义"。

我什么也不管了。

附记 泳 池

我经常有一个幻想——

一丝不挂地滑进一个平静的大泳池，尽量不要震荡起涟漪，我说过的傻话、做过的蠢事，就会连同身上的油脂、皮屑，在泳池水面形成一层五彩的油膜。我再从池底缓缓潜走，不让油膜发现。等到从泳池另一头探出身子，一切就过去了。

我总是想用这样一个意象，一劳永逸地解决对自己的不满和不安。实际上我连游泳都不会。

太怕水啦，无法摆脱对溺水经历的恐惧。学了两三回，都在丢掉浮板的关口仓皇逃窜。

我还有过另一个幻想——

每个人的头顶都有一条拉链，每过去一年，就能把拉链拉开，把皮连同边边角角处整张揭下，卷好，扔掉。新年伊始，又能做一个崭新的人。

这些幻想听起来不太对劲,好像我犯了什么大罪必须隐匿;好像我的过去有诸多不光彩,必须抹去;好像我全身的皮肤布满了黑头、疮疤、印记,得揭掉才能解决问题。

实际上也并没有,过去最多就是贫穷了一些,吃了些苦头;又或者是有些傻气、土气,也不严重到非要改头换面那一步。

所以我决定把它归咎于新我对于旧我的排异反应。可明日总比今日新,总不能一直这样杀下去。

还是到书里寻找答案。

发现作家们也大都如此,觉得昨日的自己像傻瓜。

那就算了,管它的。

尾 声

回到寨子

二〇二四年，姐姐和我先后离婚了。

我们对于婚姻不同的认识和理解，促成了同样的结果。

龙年春节我们很早就回了家，吃饭的时候说了这件事。阿爸没有在意，或者说他假装自己并不在意，只说"身体好好的就行了"，其他没再多说什么。

我的阿妈受到了不小的打击，她不明白，在丈夫没有出轨，没有家暴，更没有黄、赌、毒等诸多情况的生活里，为什么还有离婚这样的事发生，并且是同时发生在自己两个孩子的身上。

这一次，我和姐姐默契地选择了不向她过多解释。这是我们成年以后在和父母的相处中为数不多的默契时刻。

大年初二上午，阿妈问姐姐还会再婚吗，姐姐表示了否定。阿妈把五官挤在一起，焦急地但低声地喊起来："我真难受，别人总是问我，你的女儿什么时候才生孩子，我真难受。"

这一年，姐姐三十七岁，我三十四岁，我们选择全盘接受阿妈的这种难受，没有试图解决它或者为自己辩解。

没想到效果却意外地好。阿妈只继续念叨了一两句,自言自语似的讲:"过年要说开心事,这件事不再讲了。"这个话题就结束了。

这可真让我意外。要知道,上一次关于婚姻的对话中,就我所说的"对于现代女性来说,婚姻已经不是必需品了",阿妈的反应十分剧烈,直言"没有婚姻的女人,人人都要笑"。我说:"人人都要笑,那我没有婚姻,你也要笑我吗?你和别人是一样的吗?"她悻悻,察觉到自己反应过激,却拉不下脸面,推说有事情,离开了家里。我们双方都很尴尬。

好像总是这样子,回家的头三天什么都是好的,什么都能答应,第四天开始一切都变了。我们的关系突然变得疏远起来,似乎头三天的亲密都是幻觉。这疏远是真正的疏远,是已经很长很长时间没有参与对方的生活,或者说从未走进过对方内心的令人心碎的疏远。

所以这一次,发觉阿妈没有要一直揪着不愉快的谈话不放的意思,我和姐姐非常平和地在家里足足待了二十几天。这是从二〇〇九年离开家去外地读大学之后至今,我们一起在家里连续待得最长的一次假期。阿妈说话算话,一直到我们出发的那一天,也没再讨论过婚姻相关的话题。

到了现在的年纪,我觉得我的阿妈是一个流动的人,她的喜怒哀乐和世界观，随着时间和空间的改变在游走。

之前没接触过打工群体时，她觉得做农民是幸福的，因为"不受管"，并且"不会饿死"。从二〇一九年左右她的老姐妹们约她一起出去做工开始，她接触了更多的人事物，最近几年她有时候会说出一些让我感到惊讶的话。

"农民是最可怜的。"最近她经常这样说，"以前城市人没饭吃，把那些年轻人撵来农村，要叫农民喂。后来城市人发展起来，又要叫农民去盖房子。现在城市人房子盖得差不多了，又把农民赶回来了。"

我不知道她因何产生这样的结论，许多时候，她的一些突如其来的话语就像在梦呓。问她为什么说出那样的话语，她也耻于解释，只说："我想起来，随便说说的，也许事实并不是这样的。"

今年的萝卜干价格很不好，同比去年每公斤降了五六块钱，阿妈很伤心。"城市人要吃什么，我们就种什么，种好了他们又不吃了。"

我说："不是城市人不吃了，城市人里也有为了吃饱饭很辛苦的人。"

她笑着摸摸自己的嘴巴："我不是怪他们的意思。"

我说"我知道"，接着再次劝她今年不要再种烤烟了，烤烟很累人，效益和付出不成正比，身体吃不消的。

她想了一会儿,看向阿爸。阿爸说:"耕地登记的是你的名字,种什么、种不种,当然是你说了算。"

姐姐搭话:"要烤烟又得去借人家的烤烟房,欠下的人情你们又得做活儿去还,没必要。"

阿妈把饭大口扒拉进嘴里,沉默了两分钟之后,带着一种倔强放下狠话:"要种,大不了我自己盖一间烤烟房,别人能盖,我也能盖。"

我们没再言语,阿妈的决定总是难以撼动的。

第二天清晨,我听到阿爸在悄悄和姐姐说:"烤烟真的好累啊。"我以为姐姐会劝两句,她也只是笑笑,话题立刻转到别的地方去了。

"别种了","好好好",然后回家发现地里种满了烤烟,这样的事年年发生。阿爸也年年都会说"烤烟真的好累啊",这对话就像大门上的对联,每年都换,其实内容都差不多。这好像就是阿妈从来没变过的地方。

和亲戚吃饭,饭桌上聊天的内容也是每年都差不多,只有在饭后私底下的对话里,才能察觉到他们的生活所发生的变化,以及他们对于生活的新评价。

表嫂生了二胎,表妹生了二胎,堂姐的丈夫家暴她,闹了一阵子离婚,最近又和好了……才听完这些话,三婶从门口急匆匆进来把三叔拖走了。

三叔三婶考虑了两年,还是决定要在乡下盖一套大房子。大约需要花费四五十万元,他们自己出一部分,找信用社贷款一部分。过年前刚结过一次款给工程队,似乎是工头没给工人发,工人跑到她家里去闹了。

三婶急得一直重复一句话:"哪有这样的道理,走到哪里也没听说过!他们不找工程队的老板,找我一个农民有什么用?农民欺负农民!"

我的三婶不识字,也没去过乡镇以外的地方,她买东西主要是通过图案来记忆,有时候没空去赶集,需要"代购",就会和邻居说:"给我买一包洗衣粉回来,要包装上有一双粉色手套的那一种。""有一对胖娃娃的化肥,没有画了麦子的化肥好。""买老四川的,不要买那个胖老头的,他会偷秤。"……这是他们之间的购物密码。

三婶唯一一个孩子,也就是我的堂妹,去年考公没有考上,辗转到县城里做协警。三婶很希望她继续考:"就跟耕地似的,什么角落都不要放过,全部考一遍,能考上啥都行。"

我问堂妹:"你阿妈为什么这么执着于让你考公一类的呢?"

她害羞地低头一笑:"我也不知道。"

"那你打算考吗?"

她轻轻摇摇头,我也不知道是"不知道"还是"不打算",也没再追问。

初六收假,堂妹初二就走了,说是要值班。我看到她吃过晚饭后小跑回房间收拾东西的样子,脚步比进屋吃饭时松快多了,大约是不打算再考了。

过完春节回到各自工作的城市之后,有一天清晨,姐姐突然在家庭群里发了一大段信息,大概意思是说,她小的时候,有一次,一个叫枫林的同龄女孩污蔑她偷了另一个叫海芬的女孩的钱。

事情大概过去二十多年了,姐姐在那个早晨突然想起,非常生气。

"我真后悔,我应该据理力争,不知道那时候为什么哭着跑了。"

"等我下次回家过年,我要当着她们的面说:'枫林,你小时候为什么要污蔑我偷钱?'我要当面质问她,我要问问她为什么这样做。"

"阿妈,这件事你也知道的,对吗?你有印象的,对吗?"

阿妈很着急,她连续发了六条五十多秒的语音,大概意思就是说"你不应该记得她们是谁了才对,你过得比她们那样好,不应该记住这辈子都不会再有交集的人"。

过了半晌,姐姐只回复了一个"好",再无下文。

我突然想起全家一起去推萝卜条的时候,父母负责洗萝卜、推萝卜,我和姐姐负责拔萝卜。

风很大,我们姐妹俩把头凑在一起,一边干活儿一边聊天。先互相交换了近况。她辞职了,但是似乎没有打算短期内再找工作。她觉得现在的人生好极了,不缺吃穿,有自己的房子住,并且可以晚睡晚起。我也差不多。

聊着聊着,我们突然交换起了童年的秘密。我突然认真发问:"你有印象阿妈抱着你、抚摸你,或者睡觉的时候摸摸你、亲亲你之类的吗?"

她想了好久,说:"有在一张床上睡觉的印象,但是完全没有她抚摸我的印象……一点儿印象也没有。你呢?"

"我也没有,"我说,"只记得阿爸总是牵着我的手。"姐姐点点头。

话题又结束了。

我们各自低头,继续干活儿,直到阿妈在身后大喊:"够啦,不要再拔啦,今天就到此为止吧。"

写下这一段的时候,我的脑海里不断闪现一部叫作《我的解放日志》的电视剧,主人公一声不吭走在路上的场景反复出现在眼前。眼泪滚落下来,我不明白自己因何而哭泣。

那天之后直到现在我都没有再因为乡村有关的事掉过眼泪了,心情忽然地松快起来,在寨子里安安稳稳地生活了好长一段时间。

除了干农活儿,在村里生活的主要内容就是吃,基本上从睁开眼睛就一直吃到睡觉。很奇怪,在城里的时候就算做运动也好,写作费神也好,吃进去的东西都只是那么点儿,回村以后整天在家招猫逗狗的,也不做什么,但胃口极好。尤其我姐姐,她平时和我出去吃饭胃口就像小猫,回家以后早餐是一个粽子,午饭是两碗大白饭,还得下油汤拌饭,一直到晚饭前就是小零食不断,晚饭又是两碗,睡前还要吃宵夜。

现在村里买什么都方便了,虽然快递只能配送到镇上,赶集也还是逢五逢十才能去,但每天下午村里都会来小吃车。

第一天是"饺子,汤圆,甜白酒,爆米花,奶茶……多种商品,欢迎大家前来选购",山里安静,大喇叭在三公里开外就听得到了。卖东西的重庆中年男子会开着面包车在村里转一圈,最后在公路上停留半个小时。

田里的村民会在地里喊:"老四川,称两斤饺子!"他们还不知道重庆是直辖市,在他们的概念里,只要说川渝方言的都叫老四川。

小吃车上的男子赶紧按要求称好,提上踩瘪的鞋后跟,匆匆送到地里去,所有田间地头的交易都完成之后,再去往下一个村子。

他的面包车是经过了特殊改造的,两侧的窗子挂满了辣条、薯片之类的东西,车厢后半部分放了一个冰柜,全车商品有三十种不止。他说每天跑十来个村子,日现金流水挺可观的,尽管和原来干收购没法比,但是胜在稳定。

第二天就是卤货车了,"猪耳朵猪大肠猪小肚鸭脚鸭翅鸭脖子,快——来买了",带着特殊的音调,开着三轮摩托的女老板肺活量惊人,从不靠喇叭喊,中间也不停顿。

第三天是"水豆腐凉粉儿——水豆腐凉粉儿——"。

第四天是"收头发换盆,旧手机换盆,买叮叮糖咯——"。

第五天就该赶集了。

恰逢家里该种白菜和露水草了,我和姐姐自告奋勇:"今天不必请工了,我们一起去。"

说起来也有十来年没有种白菜了,二老对我们的技术很疑虑,不过我俩兴致高,他们也就答应了。真干起来才发现一百块工钱包一块地的工人还不如我俩,开渠、排坑、放粪、发苗、栽种、浇水我们都能干。父母毕竟老了,身子不像原来灵活了,我和姐姐的效率几乎是他们的两倍。

阿爸事先在水潭里沉了一个大西瓜,干完活儿一家人坐在田埂上,分食那个大西瓜。反正穿的是下地的衣服,也不必拘泥什么了,我把汁水啃得到处都是,心里觉得十分痛快。

阿妈直说比请工人划算多了,工人总是磨洋工,混那一百块钱,所以给我和我姐每人发了一张崭新的百元大钞。好多年没拿到过这种汗水钱,竟然觉得有一种莫名的成就感。

回到家立刻洗了澡,躺下之后,才数到五就睡着了,一直睡到傍晚阿妈叫我喂鸡。我们家的鸡都是放养,早前,我的车还在几公里外,鸡就满心恐惧地在家里等着了:"天哪,这家的女儿又回来了,今天会不会杀我啊?"

不过我真是吃鸡肉吃腻了,这几年回家爸妈都没杀鸡,反而大多是我去喂食,鸡也就放松多了。

前两天夜里黑,一只小鸡掉进了村里的粪坑。现在农村都在搞"厕所革命",号召大家把厕所盖在家里,政府会补贴一半。很多村民不愿意,觉得哪有在家里拉屎的说法,所以露天大粪坑墙上的"拆"字写了又抹,抹了又写。小鸡就是不小心掉进那里面去了。

我们把小鸡捞起来，臭得要命，我一下子想起来小时候有个玩伴拉屎站起来的时候往后仰，掉进那个大粪坑闷死了，心里怕得很，拿着小鸡逃也似的跑回家。它太小了不能洗，只能用灶膛灰给它裹几遍，抖一抖，再裹，再抖……到后来，身上的粪都没了，小鸡还是臭气熏天，或许是母鸡不认得它的气味，或许是母鸡认为它已经失去了生存能力，把它一脚踢开了。

它太小了，又受了这罪，母鸡不要它，恐怕是活不久了。果不然，第二天我生火做饭的工夫，它就没气了。我把它放在手心里，紧紧挨着灶火，用一根手指做一些不知有没有用的小鸡CPR（心肺复苏），又不断哈热气，它竟然又醒了，小小的身子暖和起来。阿爸给它弄了个纸盒，就放在灶窝里："你可看着点儿，别没救活，反倒变烤鸡了。"

我很忐忑，不知道它到底能不能活，想晚上带着它睡觉，又怕把它压死了。好在夜里一家人在忙活的时候，它的叫声渐渐大起来，我给它喂了点儿东西，阿妈打着手电，试着把它强行放进母鸡肚子下面。这次母鸡没有再踢它。

小姨蹬着黑来了，给我们带了她们村的特产，小小的一袋子，然后又匆匆地走了。小姨才五十二岁，看起来比阿妈苍老多了。看到小姨我就总想起她那个刚出生就被抱走的女儿，又总想起他们村子那块专埋婴儿的红果园……

每次回村里就是这样,见到一个人,就会立刻由她为起点,牵起一大串相关的记忆,好的不好的都有。夜里太安静,只有蛙叫虫鸣,我就会看着灯旁飞舞的那堆飞虫想这些事情,有蛮多事都是身在当时淡淡地度过了,在二十几年后再次受到冲击,就用本子记下来,好做后面写作的素材。

记得有一次和前夫说起这事,他说"小时候只想逃离,老了以后才学会观察",我觉得他说得很有道理。

农村题材写得好的、能写的,已经都出名了,全写出花了,没有太多发挥的余地。不过我只是一个普通人,仅仅是维持这平庸的日子,钱也够用了,"成功"什么的还是过于虚幻。想来想去还是想写农村,写小吃车、写小姨、写阿妈、写红果园和松子园、写母鸡、写寒冷、写春花。

荒诞、黑色幽默、冷漠、压制、贪婪、热血、浪漫、单纯、快乐、美丽……农村实在是多面。城市总让我觉得晕晕乎乎,夜里又总睡不着。我说:"可能农村人跑不脱农村的。"阿爸说:"哪有那么高深,就是家里温湿度合适,你身体少难受些罢了。"

小鸡还是死了,早晨去喂鸡时,母鸡一起身,它在一堆小鸡里闭着眼睛,已经僵冷了。我们把它埋在菜园里,晚上回家就不见了,兴许是林子里的食肉动物翻出来吃掉了。

今年豆子价格也很不好，只能卖到八毛，阿妈心疼坏了。看到好好的豆子只能烂在地里，她还是哭了一顿。

总是烂醉的猪贩子昨天开三轮车翻到地里，胳膊骨折了。

四十多岁并没有结婚打算的五堂叔修了新楼房，说是在抖音上看到的款式，自己弄了一个大落地窗，正对着一片竹林。

堂奶奶眼睛已经完全看不见了，还是摸索着收拾利索了蜂房，给我送了一大罐蜂蜜。我不爱吃这种太甜的，我姐一口接一口全吃了。

金妹婶子依旧做着收废品的生意。她把三轮摩托换成了一辆二手面包车，能遮风避雨，也更安全一些。她胖了一些，脸上还是笑嘻嘻的，算账的速度越来越快。她的丈夫如今已经完全不出门了，一切生意都由她来完成。她看起来并不气恼，反而精气神一天比一天好，人家说，因为她当家了，当家的女人有福气。

离家出走的堂妹已经在蒙自安家了，阿爸告诉我，他曾经受堂叔所托去看过她一次，妹妹还是一样的话少，但是比被关在家里那段时间看起来健康一些。她自己挣钱自己花，依旧不回家。

春里姐姐最小的女儿出嫁了，男方是我们县里的，所以时隔多年以后，她又回来了一趟。阿妈说她几个女儿

"生得像马缨花一样好看",春里姐姐看起来也比同龄人年轻许多,阿妈觉得"应该是早年就死了老公,不用伺候人的缘故"。

之前在豆瓣写过一个患癌之后又活下来的年轻人的故事,标题是《一件回村过年听到的小事》,这次也见到他了。他现在状态还可以,瘦瘦的,据他说是"不熬夜就行"。他没有去打工的打算,说是最近在学一种什么作物的栽培技术。他骑着摩托车说得太快了,我没听清。

天黑之前最后一个从我家院子前路过的是我的侄子,叫大辦,四十多岁,智力有点儿障碍,一直没有老,外貌停留在了二十岁左右的样子。

"姑,你咋回来了?"

"回家呀。你的羊呢?"

"全卖了,阿妈卖掉了。"

"那你现在干吗呀?"

"现在?现在在和你说话呀!"

我哈哈笑起来,他也哈哈笑起来,狗不知道我们在笑什么,跟着蹦蹦跳跳。

夜晚又来了。

图书在版编目（CIP）数据

我是寨子里长大的女孩 / 扎十一惹著. -- 上海：上海译文出版社, 2025.8. -- ISBN 978-7-5327-9989-3

Ⅰ.I267

中国国家版本馆CIP数据核字第2025GN4747号

我是寨子里长大的女孩
扎十一惹 著
责任编辑 / 赵婧　赵阳　封面设计 / 祝小慧

上海译文出版社有限公司出版、发行
网址：www.yiwen.com.cn
201101　上海市闵行区号景路159弄B座
上海市崇明县裕安印刷厂印刷

开本 850×1168　1/32　印张 9.25　插页 3　字数 110,000
2025 年 8 月第 1 版　2025 年 8 月第 1 次印刷
印数：00,001—10,000 册

ISBN 978-7-5327-9989-3
定价：59.00元

本书中文简体字专有出版权归本社独家所有，非经本社同意不得转载、摘编或复制
如有质量问题，请与承印厂质量科联系，T: 021-59404766